目次

はじめに

大東亜戦争末期の昭和十九年十月から翌二十年八月にかけて、鹿児島県の知覧《ちらん》や万世《ばんせい》、鹿屋《かのや》、国分《こくぶ》、それに宮崎県の都城《みやこのじょう》などの基地から、連日、特攻機が飛び立って行った。

特攻隊については、これまでもその作戦の軍事的意義や、出撃、散華《さんげ》した隊員の思いなど、さまざまな観点から検証が行われてきた。遺書や手記、手紙を集めた書籍も少なくない。戦後生まれの私は、そうした先人の仕事に触れながら特攻について学び、考えることを続けてきた。

しかし、知れば知るほど、特攻隊員と遺された家族たち——妻子、親、兄弟——の絆《きずな》や心中、遺族の戦後のあり方を見つめ直す必要を感じるのだった。そして、遺族の複雑な思いや苦労を、遺族それぞれの心の奥深くに埋もれさせたまま風化させてしまっては、国と家族を守るために飛び立った特攻隊員に申し訳ないとすら思っている。激動の時代を生きた隊員と遺《のこ》された者たち

の偽らざる心情、その後の人生を同時に考えることなくして、私たちが「特攻作戦」を理解することはできない。

平成十七年八月で、終戦から六十年を迎えた。特攻隊員の親や妻は、櫛《くし》の歯が欠けるように亡くなっており、直接、お話をうかがうことができる遺族も少なくなっている。残された時間はわずかだ。私は、隊員と遺族が経験した重い歴史的事実を追い、戦後日本人の心に「特攻」と「遺族」をとどめたいと願う。

なお、本書の中では、故人の遺書や日記、戦死公報などをはじめ、引用させていただいた資料の旧漢字や旧仮名遣《かな》い、一部の片仮名を、新漢字、新仮名遣い、平仮名にあらためている。ありのままに紹介したいが、読者の読みやすさを考慮してのこととご寛恕《かんじょ》を請いたい。また、階級は出撃時のもので統一、登場人物の一部の方々については敬称を省略した。

第一章　後をしっかり頼む——妻と娘

『乙女のゐる基地』

手元に古びた一本のビデオ・テープがある。『乙女《おとめ》のゐる基地』、五十分ほどの戦争映画だ。脚本・津路《つじ》嘉郎《よしろう》、監督・佐々木康《やすし》。キャストは、水戸光子、佐野周二、原保美《やすみ》、東野英治郎、志村喬《たかし》、安部徹《とおる》、奈良真養《しんよう》、葛城文子《かつらぎふみこ》、川村トミ、笠智衆《りゅうちしゅう》と、錚々《そうそう》たる懐かしいスターが顔をそろえている。大東亜戦争末期の昭和二十年初めに、千葉県・下志津《しもしづ》教導飛行師団（同十九年六月まで下志津陸軍飛行学校）の銚子《ちょうし》飛行場で撮影された。

整備服姿に鉢巻を締め、わが子を愛《いと》しむように這《は》い蹲《つくば》い、油まみれになりながら特攻機の整備に励む女子挺身《ていしん》隊員たちの奮闘を描き出し、乙女たちが寝食を忘れて整備した戦闘機に六人の特攻隊員が乗り込み出撃、彼女たちが手を振りながら見送るシーンで終わる。

御国《みくに》を想《おも》う真心は
いかで男子におとるべき
基地に咲く花　紅《あか》き花
さけべこの夢　吾が翼

我は乙女の整備隊
ますらおなれや　生還を
期せぬ門出の高笑い
神をおろがむ国のため
駆けれ吾が夢　吾が翼
我は乙女の整備隊

詩の勇ましさと対照的な切ないメロディーが、郷愁を感じさせ心に響く。

埼玉県桶川《おけがわ》市に住む主婦、臼田《うすだ》智子（六十一歳）が、この映画の存在を知り、しかも父親が映画の撮影に協力し、父親の部下だった若い特攻隊員が出演しているのを知ったのは、終戦から五十年近くたってからだった。父親と若い特攻隊員たちは、映画の撮影が終わった直後の昭和二十年四月一日から六日にかけ、鹿児島県の陸軍特攻基地「知覧」から特攻出撃し、沖縄周辺の洋上で散華《さんげ》した。

この年の三月から、知覧基地で、勤労動員として特攻隊員たちの身の回りの世話をした赤羽（旧姓・鳥浜）礼子（七十四歳）は『ホタル帰る』のなかでこう述懐して

いる。

特攻が始まった初期の頃、まだ桜が咲いていて、礼子がなでしこ隊の一員として三角兵舎で働いていた頃、柴田秋蔵と松田豊という二人の少尉がいた。二人はともに熊本の出身で仲がよかった。この二人が礼子たちに歌を教えるといってきかなかった。歌は『乙女のゐる基地』という松竹の国策映画の主題歌であった。『鳥浜さん、ぼくらが死んだら、この歌を歌ってぼくらを思い出してくれよ』が口癖で、なんども一緒に歌って覚えさせられた。（中略）

二人の少尉は『実はおれたち、この映画に出演しているからぜひ観《み》てくれよ』と言っていたのだった。礼子たちは歌をしっかりと覚える一方で、二人の少尉の出演するシーンを観たいと思っていたが、肝心の映画が知覧やその周辺で上映されたときには、空襲その他の事情で観ることができないまま終戦を迎えてしまった。終戦後はもちろんこうした軍国映画はタブーであったから、礼子にはこの映画を観る機会はなくなったと思われた。ところが終戦後何十年も経ったある日、この映画を探し出してくれた奇特な人があり、礼子はそれを観ることができた。しかし、二人の姿はどこにもなかった――二人は確かに出演したと言っていたが。きっと、二人は遠景を飛んでいる飛行機の中に座って操

縦していたのだろう。その飛行機の姿はいつか南海の空に散る身であることを知る人たちがこの世に残した最後の遺影であり雄姿なのだ。

昭和十四年四月五日に公布された映画法により、当時の映画は国が事前に脚本を検閲し、スタッフや俳優は全員登録しなければならなかった。〝国策映画〟だったのだ。そのため、戦後、アメリカ軍に没収されてしまい、五十年近くその存在すら知られぬままだった。

臼田智子の父親は、伍井《いつい》芳夫《よしお》大尉。明治四十五年七月二十一日生まれ。唯《ただ》一人、明治生まれの陸軍特攻隊員だった。昭和二十年四月一日、沖縄作戦で展開された特攻攻撃で、第二三振武隊長として、妻と三人の子どもを残して出撃、散華した。赤羽の著書に登場する松田少尉は、伍井大尉の部下で、同年四月六日、特攻出撃、散華している。

伍井大尉が戦死した時、妻の園子は二十七歳だった。それから四十二年。園子は、昭和六十二年三月二十五日、入院していた埼玉県内の病院でその生涯を終えた。六十八歳だった。

智子は伍井大尉の次女だ。私は、妻と三人の子どもを残し特攻出撃した伍井大尉の思いと、遺族、特に大尉の妻、園子の「戦後」をうかがうために智子を訪ねた。

「『乙女のゐる基地』という映画は、戦後五十年ほどしてから、銚飛会のはからいで、銚子の体育館で上映されたのです。会場の人たちは映画の中で飛んでいる戦闘機の操縦者が、昭和二十年の春に実際に特攻隊として南の海に消えてしまったということは全く知りませんでした。私自身も父が飛行指導していたことを知りませんでした」

智子はこう言いながら一枚のスナップ写真を取り出した。変色し赤茶けているそれは、戦闘機をバックに、飛行服姿の伍井大尉と若い特攻隊員七人が、整備服姿で白い鉢巻をした女優七人と一緒に撮影した記念写真だった。撮影の合い間にでも撮ったのだろうか、全員の顔に笑みがこぼれている。

智子は続けた。

「特攻隊員の遺族としてテレビのドキュメンタリー番組に出演したことがあるのですが、それを映画に出演していた女優さんが見ていて、初めて父が特攻攻撃で戦死したことを知ったらしいのです。連絡をいただきまして、お目にかかって、映画の撮影の様子などを聞きました。女優さんは『あの映画に出た人たちと会うと、いつも伍井さんの話になってしまうの。まさか特攻隊の隊長になって出撃したなんて。お父様は操縦する人に、もっと高くとか低くとか号令をかけていました』と言って写真をくれたのです。その時、父は今でもいろいろな人の心の中に生きているんだ

と感じました」

取材の日には、智子のほか、千葉県に嫁いでいる長女の満智子（六十三歳）、桶川市に住む園子の妹、坂部歌子（八十二歳）、それに園子の友人の小島千本《ちもと》（七十五歳）も駆けつけてくれた。

「母は映画のことはもちろん、父が特攻隊員だったこともほとんど口にしませんでした。すべてがわかったのは、母が亡くなってからです。ただ、母が亡くなる前、『私は激動の時代に生きた。人間として悔いはない。今思えば、悔いはない。人間としていろいろなことを経験した。人間として悔いはない』と話したのを今でもはっきり覚えています」

智子はこう言いながら、記憶の糸をたぐり寄せるように、そして満智子らに確認するようにしながら、園子の戦後を話し始めた。

耳をふさぐ妻

昭和二十年三月二十七日、午前八時三十分。埼玉県・桶川町の国鉄桶川駅上空に、突然、九九式襲撃機が飛来した。小さな豆粒大に映った九九式襲撃機は爆音を響かせながら、一軒の民家を目指してみるみる高度を下げ、民家の屋根と接触しそうなほど低空飛行で上空を三回旋回した。操縦桿《かん》を握っていたのは民家の主《あるじ》の伍井大尉。風防ガラスを開け、手を振っている姿が見える。九九式襲撃機はその後、別れを告

げるように翼を左右に振ると、西の空に消えた。

伍井大尉はこの日朝、それまで訓練をしていた栃木県下都賀《しもつが》郡壬生《みぶ》町の壬生飛行場を出発、知覧基地に向かう途中、最後の別れを言いに立ち寄ったのだ。時間にして数分の出来事だった。智子は近所の人に抱かれ、長女の満智子は手を引かれ、声を嗄《か》らしながら庭から手を振り見送ったが、人垣の中に園子の姿はなかった。

園子は家の中で、うずくまって両手で耳をふさぎ、九九式襲撃機が飛び去るのを待っていたのだ。

園子の妹、歌子はその時の様子を鮮明に覚えていた。

「私の夫は軍医で、昭和十八年から終戦まで父島に赴任していたので、見送れなかったのですが、夫の妹たちと泣きながら必死に手を振りました。妹たちは今でも、その時のエンジンの音を覚えていると言います。姉は、二十七日に伍井さんが別れの挨拶《あいさつ》にぐることを、前もって聞いていたらしいのですが、見送りに出て来られなかったのです」

自らを陽気な性格という歌子だが、伍井大尉との最後の別れの場面になると、伏し目がちになり声が震える。六十年経っても、その時の光景や爆音は脳裏に焼き付き、ひとときも消えることがなかった。

当時、智子は一歳七ヶ月で、満智子は三歳十ヶ月。二人には当時の様子は記憶に

「特攻」と遺族の戦後

宮本雅史

角川文庫
15206

ない。二人に代わって歌子が園子の気持ちをこう代弁した。

「送り出す側と送られる側、共に心の中で激しい葛藤《かっとう》があったのだと思います。軍神の妻として人前で乱れることは許されなかった時代ですが、姉にしてみれば、毅《き》然《ぜん》としている自信がなかったのでしょう。別れのつらさと、そのつらさを人に見せられないつらさ。その二つの気持ちがあいまって姿を見せることができなかったのだと思います」

当時、特攻隊員は「軍神」と呼ばれていた。

沖縄方面での特攻作戦の指揮をとった陸軍第六航空軍司令官、菅原道《みちお》大中将の次男で、海軍兵学校第七十五期の深堀道義は自著『特攻の真実』の中で、送り出す側の論理として当時の遺族の思いをこう説明する。

遺族となった時にはどのように考え、どのように振舞うか、ということを国が教えていたわけではないが、次のようなことが国民の間の常識として受け取られていた。

（一）戦死は、お国のため、天皇陛下のために、一身を捧《ささ》げるのであり、軍人として、日本臣民として最高の栄誉である。

（二）遺族は、その戦死を嘆き悲しむのではなく、わが家の誉《ほまれ》と思わなければならない。

このような観念から、慰霊祭などで遺族は涙を流したり、泣いたりせず、誇りに思い、堂々とした態度を要求されていた。そして父親などは『天皇陛下の御為《おんため》に、命を捧げ得ましたことを、この上ない名誉と思っています』というようなことを、公式の席上では話すのであった。息子が出征するに当たって父親が『死んで帰って来い』というのが美談とされ、人前では心ならずもそう言う親が大部分であったのも事実である。

この他、多くの資料に見られるように、特攻隊員の妻は、「夫の出撃を胸を張って見送る」のが務めだった。しかし園子は、壬生飛行場まで見送りに行かなかったばかりか、最後の別れの挨拶にきた夫に姿を見せなかった。見送ることで、夫が特攻隊として出撃することを、現実のこととして認めざるを得なくなることに、恐怖を感じていたのだろうか。

伍井大尉は、知覧に向かう二日前の三月二十五日、突然、桶川町の自宅に立ち寄っている。伍井大尉は、妻の園子、長女の満智子、次女の智子、そして約四ヶ月前に生まれたばかりの長男、芳則の四人暮らし。久しぶりの父親の帰宅に二人の娘は無邪気にはしゃいだが、伍井大尉の突然の帰宅は最後の別れを言うためだった。三人の子ども一人ひとりを抱き上げては記念写真を撮った。

まだ、言葉の話せない、赤ん坊の芳則を抱き上げ、

「頼んだぞ、芳則は男の子だから、大きくなったらお母さんをお父さんの代わりに守ってあげるんだよ。お母さんの言うことを聞いて、わかるよね。お父さんとの約束だよ」

と何度も話しかけた。

そして、園子は、

「この非常時、お国のためなら当然のことです。三人の子どもの成長を楽しみに生きていきます。しっかりと育てていきます。心置きなく、出発して下さい」

と声をかけた。別れ際、玄関で、

「武運をお祈りします」

と言うと、夫は、

「それでは任務に邁進《まいしん》いたします」

とだけ答え、用意していた爪《つめ》と髪の毛を手渡した。

これが夫婦で交わした最後の言葉だった。最後まで、二人の会話に、「特攻」の二文字は出なかった。

夫の前では毅然とした態度で軍神の妻を演じきったかに見える園子だが、歌子た

ちに聞く当時の話と、この二日後に九九式襲で飛来した夫を見送らなかった姿とを重ね合わせると、園子の心の叫びが聞こえてくる気がする。

「三人の子どもを残して征《い》かないで」

伍井大尉が九九式襲で飛来して数日後のことだ。伍井家で、印象的な出来事があった。

家のネズミ捕りに、すずめがかかったのだ。そんなことは初めてだった。園子はそれまでの夫との手紙のやりとりで、夫が特攻に出撃することは悟っていた。しかし、いつ、どこからかは全く知らされていなかった。この出来事に、虫の知らせを感じないわけはなかった。歌子の記憶によれば、その日は四月一日。後に知ることになる、伍井大尉出撃の日だった。

六年間の結婚生活

園子は大正七年九月三十日、埼玉県入間《いるま》郡坂戸町（現・埼玉県坂戸市）で、三人姉妹の次女として生まれた。父親は開業医で、埼玉県名士録にも掲載されるほどの名士だった。地元の坂戸小から川越《かわごえ》の川越高等女学校（現・埼玉県立川越女子高）を経て、東京女子専門学校（現・東京家政大学）に進学するが、小学校、女学校時代は、お手伝いさんがいて、人力車で登下校するほどの裕福な家庭環境だった。

専門学校を卒業した時も「職業婦人にはならないから」と教師の資格をとらなかった。長女の愛子は医者と結婚しており、当然、園子も医者に嫁ぐとだれもが思っていた。ところが、見合いの話がいくつ持ち込まれても、すべて断ってしまい、なぜか飛行機乗りの軍人と結婚したいと言い出した。そこで、軍医をしていた愛子の夫が、伍井大尉を紹介、見合いをすることになる。

伍井大尉は、埼玉県熊谷《くまがや》市に近い北埼玉郡豊野村の利根《とね》川の近くで、男三人、女三人の次男として生まれた。豊野小学校から不動岡中学校（現・埼玉県立不動岡高校）を経て、昭和七年一月、少年飛行兵を志願して飛行第五連隊に入営。飛行機乗りになるのが夢だった。園子と見合いをした時は、任航空兵准尉で、北足立《きたあだち》郡川田谷村にあった熊谷陸軍飛行学校の桶川分教所で、偵察機の教官をし、航空士官学校への入校を目前に控えていた。桶川分教所は、桶川駅から南方、荒川にかかる太郎衛門橋をわたった坂東《ばんどう》平野にあり、現在は、民間機の飛行場になっている。

伍井大尉が二十六歳、園子が二十《はたち》歳だった。

家族には、二人は会った瞬間に一緒になろうと決めていたように見えた。話はトントン拍子に進み、見合いから三ヶ月後には結婚式をあげる。昭和十四年三月の雪の多い寒い日のことだった。

日本は、昭和十二年七月の盧溝橋《ろこうきょう》事件を発端に始まった支那《しな》事変が拡大して、中国との全面戦争に突入。東海林太郎《しょうじ》の『麦と兵隊』が大ヒットし、淡谷のり子の『別れのブルース』や霧島昇、渡辺はま子の『蘇州夜曲《そしゅう》』、それに映画『愛染《あいぜん》かつら』の主題歌『旅の夜風』などが兵士たちの間で歌われていた。

戦局の拡大に合わせて、日本政府は国家総動員法を制定。さらに同十五年には大政翼賛会が発会、国民の生活はすべて政府の指示、指導によって決まるという体制ができあがっていった。

日本はその後、同十六年十二月八日、ハワイ・真珠湾を攻撃、大東亜戦争へと突入したが、十七年六月五日のミッドウェー海戦を契機に敗色の道を突き進むことになる。十八年二月にはガダルカナル島から撤退を開始し、五月にはアッツ島が玉砕。さらに同十九年六月のマリアナ沖海戦での惨敗に続き、サイパン、グアムを失い、インパール作戦では、飢えと武器弾薬の欠乏が追い討ちをかけ敗退。国内では、本土決戦に備え、国民学校上級生を強制的に学童疎開、同時に「一億国民、すべて武装せよ」の掛け声が発せられ、老若男女だれもが竹槍《たけやり》をかまえての訓練が始まった。こうした敗戦への坂道を転がり始める中で、同年十月末、フィリピン・レイテ沖海戦で初めて、海兵第七十期の関行男《せきゆきお》大尉らによる特攻攻撃が行われたのである。

伍井家の生活は、こうした戦局のわりには平和だった。

結婚一年後の昭和十五年九月、航空士官学校を卒業と同時に少尉に任官。翌十六年五月、大阪・大正飛行場（現・八尾飛行場）の一〇七防空隊に配属された。任務は、敵の動向を察知するための司令部偵察で、連日、新鋭機を操り、太平洋一帯を飛び回る生活だった。一家が大阪に引越しをして間もなく、日本は、大東亜戦争に突入したが、大阪府柏原《かしわら》町（現・柏原市）の将校住宅に居を構え、生まれて間もない満智子との家族三人暮らしは平穏な日々だった。航空隊員は食料などの配給もよく、暮らしは楽だった。

園子は後日、大阪での生活をこう振り返っている。

「のんきな生活でした。今までで一番良かったときじゃなかったかしら。主人も子《こ》煩悩《ぼんのう》な人で、お馬になったり、休みの日には一日中抱っこしてたり。上の娘はそのせいか、わがままに育ってしまって」

二年後の昭和十八年八月一日、大尉は熊谷陸軍飛行学校の桶川分教所の教官となり、一家は国鉄桶川駅から東に歩いて五分ほどの一軒家に移った。

この年の八月に次女の智子が誕生。伍井大尉は長女の満智子を背負って障子貼りをすることもあった。ある時は、軍から配給されたコンペイトウや砂糖などを「配給品ですが」と言いながら近所に配って回った。当時は、物資が少なく、これは近所の人たちにとっては最高のプレゼントになった。家族や近所付き合いを大事にする伍井大尉の性格をよくあらわすエピソードだ。

当時を知る歌子は、平穏な一家の生活ぶりをこう振り返る。

「ちょうど私の家とも近かったので行き来がありました。姉夫婦は、周りが羨《うらや》むぐらい、仲のいい夫婦でした。伍井さんは一日中操縦桿《かん》を握りっ放しなので、本当は疲れているはずなのに、家に帰ると、子どもたちを抱っこしたりして可愛がっていました。近所との付き合いも大事にした人で、伍井さんが特攻で亡くなった後も、近所の人たちは姉にやさしくしてくれたのですが、それも、伍井さんが生前、近所付き合いを大事にしていたからでしょう」

桶川分教所には、見習士官として学生が次々と入校してきた。伍井大尉は、こうした学生や少年飛行兵、それに少年飛行兵を目指す生徒らの教育にあたっていた。新聞社のグラフ雑誌の取材を受けたこともある。

そして昭和十九年十月三十一日、長男の芳則が誕生した。

「飛行機は、いつ事故や故障で墜落するかわからない。敵機に撃墜されるかもしれない。飛行機の操縦は常に危険と隣りあわせだ。だから、もし、自分に何か起きた時、男の子がいれば家庭を守ってくれる」

伍井大尉は心の中でこう思っていた。

芳則が生まれた翌日、大尉に昇進。戦時下ではあったが、家族五人、一家は幸せな日々を送っていた。

そんな伍井一家が時代の流れに呑《の》み込まれ、転換期を迎えたのは昭和十九年十二月のことだ。

伍井大尉はこの年の十二月十九日、千葉県の下志津教導飛行師団の銚子飛行場に転属している。特攻要員としての内命が下ったのだ。銚子には単身で赴任、特攻隊要員になったことは家族にはふせていた。陸軍による特攻作戦は、この年の十一月末から敢行されていた。園子は、家に帰る度にふっと考え込んだり、難しい表情をしている大尉の姿に異変を感じていた。しかし、妻と子どもが三人もいる伍井大尉に特攻命令が出るはずがないと信じていた園子は、この時はまだ、夫が特攻要員になったとは想像もしていなかった。生まれたばかりの芳則をはじめ、三人の子どもを抱えた園子に、夫の心に踏み込む余裕はなかった。

当時の銚子飛行場は、陸軍の艦船攻撃の飛行訓練機関だった。三方を海に囲まれて、海から二十―三十メートルの台地にまるで航空母艦のように位置していた。伍井大尉は、ここで、敵艦船めがけて突っ込む、跳飛弾攻撃という訓練を受けている。

利根川河口の灯台を敵戦艦にみたて、高度三千メートルからエンジンを全開にして、三十度の角度で急降下し、灯台に突っ込んで行く。スピードは海面近くで時速四百キロにもなった。衝突する直前に機首を立て直すのだが、一瞬たりとも気が抜けない。機首を立て直す時機を誤れば、海面や灯台に激突してしまうからだ。毎日、命がけの訓練が続いた。

この跳飛弾攻撃の訓練について、銚子飛行場で実際に訓練を受けた、元陸軍少尉の苗村七郎は『陸軍最後の特攻基地』にこう記している。

あのスピード、重力のもとでの引上げは時間でなく秒速、いや気力だけであり、その瞬間完全に失神状態になる。最初は脳天からスーッと青黒い幕が、一種の快感とともに掩《おお》いかぶさって気を失い、幕が紫色から赤色に、下から上に移り変ったときに気がつくのである。恐らく何十分の一秒だろうが、一連の夢がとても長いように感じられた。眼球、両腕、大腿部《だいたい》にそれぞれ物凄《ものすご》い重力がかかり、それを耐えぬいて操縦するのは、本当に気力だけであったといえる。

(中略)

大分湾で跳飛行訓練を行なったことがある。かつて日露戦争のときに活躍し、のちに標的艦となった戦艦「摂津《せっつ》」に対して訓練を行なった。われわれが定石通り太陽を背にして、やや右前方から急降下で標的船に突込んで行くと、戦艦は取り舵《かじ》一ぱいに右旋回してわれわれに正対しようとする。すなわち横軸の幅広い攻撃目標を、縦軸の狭い攻撃目標に替え、火砲を敵機に集中するためである。うまく旋回して敵艦の真横に猛スピードで突込み、林立している砲塔、指揮塔、マストの間をくぐり抜けるその迫力と恐ろしさは筆絶以上、経験者でなければとうてい言いあらわされない。標的艦であるため窓という窓はふさがれ、甲板には誰一人いない幽霊船のような恐ろしさを一瞬、ちらっと垣間見て、そのまま艦を飛び越え、操縦桿を抑えて超低空で退避する。続いて反復攻撃のため高度をとり、振り向けば驚くことに、もう標的艦は巨体をグルッと一二〇度も旋回させ、あたり一面白波と海底の黒いヘドロをザーと巻き上げて泡だつさまは、本当に地獄の釜茹《かまゆで》そのもの、古びたりとはいえ、戦艦の巨体が九〇度以上を一分以内で旋回するその偉力には、われわれも啞然《あぜん》とし、実戦の恐ろしさをまざまざと体験した。

伍井大尉が、映画『乙女のゐる基地』の撮影に協力し、部下が出演したのはこの頃のことだ。

伍井大尉に正式に特攻隊の命が下ったのは昭和二十年二月二十八日。下志津教導飛行師団で結成された第二三振武隊の隊長に任命されたのだ。第二三振武隊は、伍井大尉以下、学徒出身の前田啓、松田豊、塩島清一、柴本勝美、谷山正夫の五少尉と、岡本龍一、金子龍雄両准尉、大橋治男、藤野正行両曹長、豊崎儀治、清水保三両軍曹の十二人で構成。いずれも、ベテラン操縦士ばかりで、妻帯者は十人、伍井大尉のほか岡本准尉にも子どもがいた。

伍井大尉率いる第二三振武隊は、戦況の悪化とともに、沿岸部の飛行場への米艦載機による攻撃が激化したため、同年三月、銚子飛行場から壬生飛行場に移動し、待機となる。そして、同月二十七日、知覧へ出発することが決まった。

歌子は目頭を押さえながら、

「伍井さんは、教官という立場上、教え子が特攻出撃するのを黙って見ていられなかったのでしょう。教え子を送り出す前に自分が先頭を切ってという気持ちだった」

と話すが、戦後、園子は智子にこう話している。

「熊谷陸軍飛行学校での教え子たちが皆、死んで行く。自分だけが生きている。そういうことに耐えられない純粋なところのある人だった。特攻は志願だったって言われるけれど、私には信じられない。仮に、志願したとしても、三人もの子どもがいる者に対して、では行けというのは、どう考えてもおかしいと思うの。でも、常識は通用しない非情な世界だったのよ」

夫の思い

伍井大尉は園子に、頻繁に手紙を出している。歌子は「伍井さんは家族を第一に考える人で、子どもたちにも姉にも優しかった。手紙も一週間に二通は出していたようです」と言う。園子は、その手紙や遺書類を、沖縄の海を思わせるような透明感のあるシルクのハンカチに包んで箪笥《たんす》の奥にしまい込み、二人の娘にも触れさせなかった。入院した時、「大切なものだから」とだけ言って智子に預けたが、その時も中味については一言も話さなかった。園子が亡くなり、遺品の整理をしていて、初めて、それが父親からの手紙と遺書だと気付いた。

「母が生きている間に、父が残した遺書や手紙について話を聞きたかったのですが、母は一言も話さずに亡くなってしまいました」

「ぼろぼろになってしまったんですよ」と見せてくれた手紙類は、封筒も便箋《びんせん》も赤茶け、触れるとポロリと崩れてしまいそうだ。園子が、そしてそれを引き継いだ智子が、どれほど大切に扱ってきたか……。

園子殿
端書《はがき》御手許《おてもと》に届きましたか。定めしビックリしたことと思います。
然《しか》し来るべき時が来たのです。今日あるを銚子赴任の時から心に期して居りました。
決して取り乱す様なことなき様お願いします。

今日の大戦争下軍人として当然の出陣です。

必ず軍人の妻として世人に笑われる様なことがあってはなりません。

今になって種々足らなかったことを思い出して情なく思います。

三人の子の親として立派にお役に立つ様頑張ります。

子供達の養育くれぐれもお願いします。

お体に充分注意せられて病気せぬ様願います。

今更くどくど申し残すこともありませんが、暇を見て書いて置きます。

尚今迄《なおいままで》お便りに度々書いて置きましたので殊更のことはないと思いますが北埼玉の兄上や坂戸の母上姉上を頼ってしっかり頑張って下さい。

尚近くに坂部さんや、高橋さんも居らるることとて何かと力になって頂けるものと思われます。

北埼玉、坂戸へもよく頼んで置きました。

気候もだんだんと暖くなることとて何かと楽になることとは思いますが何卒《なにとぞ》病気にだけはならん様、御注意願います。

目下壬生飛行場に在って訓練中です。

体は極めて元気です。

ご近所の方々に宜《よろ》しくお伝え下さい。

三月九日　芳夫

園子殿

（筆者註《ちゅう》――昭和二十年三月九日付けで、封筒には「返事は不要」と書かれている）

前略

皆元気のことと思います。

益々《ますます》敵の空襲も大々的となって来た様です。

東京も相当やられたとか桶川も御注意願います。

九日の夜の空襲で銚子の宿もやられて焼けて無くなったと聞いてビックリしてしまいました。三日遅れたら焼出されとなってしまうところでした。

其《そ》の后《ご》元気で準備中です。

昨十日北埼玉の兄が面会に来てくれました。

後々のことはくれぐれも頼んで置きましたから。

遠慮なく相談相手となってもらってお世話になりなさい。

北埼玉の家に引上げても宜しいそうですから思い切ってそうしたらどうですか。

北埼玉の家でも子供は居るけれど皆大きくなってること故心配はいらないです。

かえって母上は喜ぶことと思います。

それから若《も》しものことを考えて、取敢《とりあ》えず必要でない着物とか家財は川田谷の高橋さんにでもあずかってもらったらどうですか。叔父《おじ》さんに頼んで「リヤカー」で運んで貰《もら》いなさい。

北埼玉への荷物の運搬は北埼玉の知ってる荷馬車屋が居るからそれに依頼すれば心配ないです。

其の内に兄が桶川のほうに行くと思いますから、よく相談なさい。私の荷物は兄に持って帰えってもらいました。印鑑も頼みました。

子供達が小さいので何かと大変と思いますがくれぐれも大事にして物事を慎重に運びなさい。

世の中は上を見ては限りないことです。私達と同し境遇、或《ある》いは以下の者が多《た》くさんあること故、確《しっか》りと頑張り通して子供達の将来を楽しみに過ごして下さい。

壬生も間もなく引上げて移動する予定です。

くれぐれも御健康に御注意願います。

右用件のみ、不一

芳夫

園子殿

（筆者註——昭和二十年三月十二日付け）

微に入り細をうがって、〝今後〟のことを指示している。家族の将来に不安を感じ、後ろ髪を引かれる伍井大尉の心中が滲《にじ》み出ている。

続いて、二十五日に桶川町の自宅に立ち戻り、家族と最後の別れを交わした時の気持ちを葉書でこう伝えている。消印は三月二十七日だから、壬生飛行場を出発する時に投函《とうかん》したのだろう。

前略

計らずも最后の御別れが出来てうれしく思います。子供達も至極元気で何よりです。芳則もビックリする程大きくなって頼《たの》もしく思いました。

御手紙何よりもうれしく力強く感じました。ありがとう。

任務に笑って邁進《まいしん》出来ます。

何卒お体大切に元気で暮らして下さい。後は宜しく願います。

皆様に宜しく。彼方《あちら》に行っても暇があったら書きます。

では御機嫌よう。左様なら

葉書によると、園子は、時期はわからないが伍井大尉に手紙を出したのだろう。

大尉はその手紙に励まされたと綴《つづ》っている。園子が何を伝えたのかは、その手紙が残されていないためわからないが、手紙の中でも「軍神の妻」を演じ、夫を励ましたことは想像がつく。

伍井大尉は、三月二十七日朝、桶川町の自宅上空で家族らに最後の別れをした後、知覧に向かう途中、まず、福岡県の太刀洗《たちあらい》陸軍飛行学校に立ち寄ったのだろう。「福岡県太刀洗　伍井隊　伍井芳夫」を差出人名に、園子に葉書が届いている。

前略
無事九州に到着しました。
至極元気なり。
お体大切に子供達を頼みます。
任務に邁進致します。
三月二十七日　　　　不一

伍井大尉は、第二三振武隊の隊長を命じられ、壬生飛行場に移動した直後、一冊の小冊子を園子に贈っている。送付した時期ははっきりしないが、園子が大切に保管していた。

表紙に「父之声　陸軍特別攻撃隊　第二十三振武隊　陸軍大尉　伍井芳夫」と太文字で書かれた、和綴《わと》じの手作りの小冊子だ。ページをめくると三ページにわたり大きな字でこう墨書されている。

贈
満智子
智子　殿
芳則

昭和弐拾年三月十五日　父より
大東亜戦争五年目の春
昭和二十年三月
陸軍特別攻撃隊として父は征く
第二十三振武隊長　伍井芳夫

大和魂《やまとだましい》

続いて、第二三振武隊の隊員十二人の寄せ書きがあり、その後、

努力　前田少尉
神国不滅　塩島清一
文武両道　松田豊
お父さんの遺志を継いで下さい　谷山正夫
我々の後に続いて下さい　柴本少尉
お父さんは貴方《あなた》を守ってる　強く生きて下さい　岡本龍一
忠孝　金子龍雄
孝　おとうさんのぶんも　おかあさんに孝養を尽くして下さい　大橋曹長
お父さんは　貴方達の心の中に　いつまでも生きて居られます　藤野曹長
一撃必成　豊崎軍曹
強く優しく　正しく朗らかに　清水軍曹

と、十一人の隊員が、伍井大尉の子どもたちへ向けて、思い思いの遺訓を書き残している。

三人の子どもに対する遺書とでもいう内容、しかも、小冊子の包み紙の裏には、出撃が迫っていることを予告するように、赤い筆字で「返信無用」と書かれていた。

園子はすぐにでも壬生飛行場に駆けつけようとしたが、長男の芳則を産んで以来、産後の肥立《ひだ》ちが悪く、近くに住む妹の歌子に二人の娘の面倒をみてもらい、寝たきりの生活を続けていた。そこへこの小冊子を受け取ったショックが重なり、壬生飛行場に駆けつけるどころか、起きあがる力も失っていた。

伍井大尉から園子に最後の手紙が届いたのは、大尉が特攻出撃した四日後の四月五日。大尉が手紙を書いたのは、知覧で待機していた三月二十八日、出撃する四日前だった。

本二十八日最前線に来た。至極元気なり。思い切ってやるぞ。後をしっかり頼む。子供を丈夫に育ててくれ。大いに頑張ってくれ。体に注意せよ。皆に宜《よろ》しく。

金不要に付、送る。

三月二十八日夜

伍井芳夫

園子殿

園子がこの手紙を受け取った時、夫はすでに出撃、戦死していた。手紙を読み、事実を突きつけられた園子がうけた衝撃は計り知れない。園子の母乳は止まってしまった。

伍井大尉は園子に手紙を書くかたわら、三人の子どもに遺書を書き、実兄の伍井祐佐矩に預けていた。園子がその遺書を受け取ったのは四月十日だった。

遺書にはこうあった。

遺書
芳則殿
芳則に一筆遺す
父は大東亜戦争の五年目の春　名誉ある特別攻撃隊
第二十三振武隊長として散華す
お前達の成長を見ずして去るは残念なるも悠久の大義に
生きて見守っている
良くお母さんのいいつけを守って勉強して日本男子として
陛下の御子として立派に成人して下さい
将来大きくなって何を志望しても良し
唯父の子として他に恥ざる様進みなさい
お母さんには大変な苦労を掛けて頂いたのです

御恩を忘ず立派な人となって孝行せねばいけません
体を充分鍛えて心身共に健全なるべし
　　昭和二十年三月九日　　　　　　　　　　　父より
芳則殿

　　遺書
満智子殿
智子殿
親愛なる満智子　智子よ　お父さんは大東亜戦争の勝利の為
昭和二十年の春　特別攻撃隊第二十三振武隊隊長として
日本男子の最大の誉《ほまれ》を得て立派な戦果の下に散ります
お父さんは姿こそ見えないけれど護国の霊となって
何時《いつ》までも何時もでも生きて居ります
満智子も智子も克《よ》くお母さんのいいつけを守って立派な人となりなさい
弟の芳則を援《たす》けて軍人の遺族として立派に成人して下さい
お母さんはお前達の養育の為
言葉に云《い》い表せない非常な苦労をして来たのです

大きくなったなら此《こ》の御恩を忘れず必ず孝行して
お母さんを楽にして差上げなければいけません
お父さん　お前達の成長を見守っております　良く勉強して
立派な人となりなさい
病気にならない様体を丈夫になさい

昭和二十年三月九日

父より

満智子
智子　殿

芳則あての遺書には「物の道理が解る年頃になってから知らせよ」と書かれ、満智子らへの遺書には「芳則に同じ」と付け加えられていた。

智子がこの遺書を初めて目にしたのは、高校生になってからだった。それまで、園子から、遺書だといって見せられたことはなかった。

「箪笥《たんす》の引き出しの中にしまってあったのです。それまで、手紙のようなものがあるなあとは思っていたのですが、まさか、遺書とは思いもよりませんでした。たまたま、見つけて、読んだのですが、何と言えばいいのか、ものすごいショックを受けて、何が何だかわからず、ただただ、涙が溢《あふ》れたのを憶《おぼ》えています」

こう話す智子の目には、この時も涙が溢れている。そして、

「父の残した遺書は今、読んでもおかしい文章ではないんです。素直に受け止められます。父は、戦死した後の先のことまでわかって書き残していたのです」

と続けた。

特攻隊員はほとんどがさまざまな問題や悩みを抱えていた。そしてその大半は自分が出撃した後の家族の生活や行く末に関することだった。

智子はお茶をいれながら、「こんなものも出てきたんですよ」と、一枚の古びた紙を差し出した。生命保険の保険証書だ。二十五年契約の養老保険。保険金額は壱万円。受取人は芳則で、契約日は昭和二十年二月十五日。ちょうど伍井大尉が特攻要員として銚子飛行場で、連日特攻訓練をしている時だ。この保険金がその後、どうなったのかは、園子が何も説明せずに亡くなったので、智子にもわからない。しかし、出撃を控え、自分が戦死した後の家族を案ずる父の気持ちと覚悟が胸を突く。

園子は戦後、伍井大尉が出撃する前後の気持ちをこう話している。

「主人が特攻隊員になっていることを知ったのは、小冊子を受け取った時が初めてでした。直接には、何も言わないでいってしまったんです。出て行く人はいいですよ。でも、あとに残るのは女子どもで、これが泣かなくちゃいけないのは、戦国時代と同じですよ。もうどうしていいかわからなくて……」

出撃する者も見送る者も、地獄を見る思いだった。

新婚三ヶ月で出撃

伍井大尉が率いる第二三振武隊は、隊員十二人のうち十人が妻帯者だった。

その中の一人、大橋治男曹長は、大正七年四月、岐阜県羽島《はしま》郡小熊村（現・羽島市小熊町）で、十人兄弟の長男として生まれた。昭和十四年、福岡県の久留米《くるめ》予備士官学校を卒業して飛行機乗りになり、その後、伍井大尉と同じ埼玉県の熊谷陸軍飛行学校で助教官を経て、十九年九月、下志津教導飛行師団に転任、そこで特攻隊を志願した。

下志津教導飛行師団に着任した直後の十九年十月、突然、小熊村の実家に顔を出した。そして、突然の帰宅を怪訝《けげん》な面持ちで出迎える父親の亮治に、いきなり結婚したいと切り出した。

「今に死ぬ身やで、嫁さんなんかもらったって……」と亮治は最初、反対したが、強い口調で結婚の二文字を執拗《しつよう》に繰り返す息子に、折れた。

「兄貴は、跡取りがどうしても欲しかったらしいんじゃ。親父は反対したらしいけど、兄貴はどうしても子どもを残しておきたいちゅう気持ちが強かった。そんで、親父も賛成した」

弟の志郎（七十五歳）は、兄の出撃当時の写真や手紙などを机に並べ説明しながら、当時のことを昨日のことのように話し出した。木曽《きそ》川沿いにある志郎の自宅には、美しく剪定《せんてい》された木々が植えられた庭がある。六十年前、大橋曹長が出撃した時のまま、形を変えていないこの庭に時折目をやりながら、志郎は続ける。

　大橋曹長は、父親に打ち明けた数日後、亮治の知人の紹介で、地元の農協で事務員をしていた谷綾子と見合い。話はトントン拍子に進んだが、戦局が悪化の一途をたどる中で、結婚式や披露宴をあげる余裕はなかった。十一月末、綾子も一緒に銚子に行き、そこで二人だけの新婚生活を始めた。

「結婚すれば近所に披露せにゃならんでしょ。ほんでも新郎新婦はおらん。銚子に行っちまったから。二十年の一月四日やったと思うんじゃが、二人はおらんまま、隣近所に嫁さんもらいましたと披露宴をやったわけですわ。兄は兄で、この日、綾子さんと『今日は結婚式だ』と、二人で杯を酌み交わしたらしいんじゃ」

　しかし、こうして始まった新婚生活も長続きはしなかった。大橋曹長が正式に特攻隊員となり、壬生飛行場に移転。綾子は、大橋曹長が伍井大尉らと知覧に向け壬生飛行場を出発した二十七日、見送りをした後、小熊村の大橋曹長の実家に戻り、そこで夫を待つ生活が始まった。

「兄貴からこんな手紙が送られていたんじゃ」

　志郎はこう言いながら一通の手紙を見せてくれた。手紙は巻紙にペン字で書かれている。

父上様

永い間大変お世話になりました。想《おも》い出は何時までも尽きません。二十八年間、短かい様でもあり永い様でもあり唯々《ただただ》糸まりの如し。

決戦本土に及ぶ今日、一億総突撃、総員特攻隊員です。

其《そ》の先鋒《せんぽう》を征《ゆ》く。嗚呼《ああ》快なり。

されど唯犬死を恐る。

父上様、米鬼の奴、憎みても余りあり。東京、名古屋、大阪と相次暴挙。

この仇はきっときっと。私たち、私も其の一員として立派に働く覚悟です。

綾子も覚悟をして来たものなれど女の事、何分よろしくお願い申上げます。

一度二人で行きたいもの、常々申して居りましたが、これは実現できませんでした。私も残念ですが、綾子は私以上だと思います。

弟妹も皆心を合わせて励まし合ってくれるだろうと思います。

父上様に替り、次で弟妹の面倒を見る事も出来ず残念です。

春夏秋冬、益々《ますます》ご健康に留意せられて公務のため御奮闘下さる様お祈り申上げます。

現下の状勢、配給の御苦心御察し申上ます。
時正に彼岸中日、やがて桜花も咲き散らん。
隣り近所の皆々様によろしくお伝え置き願います。

昭和二十年三月二十一日

治男

御父上殿

母上様

お達者でお暮らしの御事と存じ上げます。

二十八年間は夢の様でした。この二十八年間の母上様の御苦心、御辛抱、肝に銘じて居ります。されば今日の日を勇んで征きます。

綾子の事に付いては父上様と共に大変お世話になり、今日まで無事人並みに立って来ました。これも皆、父上様、母上様の御力の賜《たまもの》と深く厚く御礼申し上げます。

綾子の事に関しては母上様、今後とも一層御面倒を見てやって下さい。あれも正式なる式も挙げ得ず、常に二人で一度でよいから帰郷したいと申して居りましたが、それは出来ませんでした。

それ故、隣り近所の方々とは未《いま》だ親しくいたして居らず、突然一人ボッチでは随分苦労すると思います。
女は女と、綾子の事は母上様くれぐれもよろしくお願い申し上げ、最後に母上様の御健康をお祈りいたしつゝ失礼いたします。

昭和二十年三月二十一日　治男

御母上様

結婚はしたものの一人婚家に残された妻の行く末を案じずにはいられなかったのだろう。

大橋曹長も、伍井大尉と同じ様な和紙を綴《と》じた小冊子を残している。表紙には「御楯《みたて》　美農の快刀」と書かれ、伍井大尉の「振武」の一言から始まる。五十ページの内容は、第二三振武隊の十二人の決意表明や、大橋曹長の兄弟や綾子にあてた〝遺書〟だ。

海よりも深く山よりも高し
　父母の思　肝に銘じて
励みなば　やがて花咲く
　春が来る

弟妹殿　　兄より

父上　母上
いざさらば
達者でお暮らし
しなされ
綾子も
元気で

人生限りあり
五尺のからだ
　何か惜まん
されど唯犬死にを恐る
綾子どの　　治男書

欄外には、「わらって死なん　後は頼むで」と走り書きされている。

「振武隊の人は全員作ってみえるはずやわ。みなさんから書いてもらったんだわ」

志郎にとって、この小冊子は兄の分身でもある。注意深く、一枚一枚丁寧にページを繰っては話を続けた。

終戦翌日の八月十六日、突然、家の庭に大八車が横付けになった。綾子の実家から身の回りの品を取りに来た車だった。子どもの志郎には何が起きているのかわからなかったが、そのうちに綾子が「私はうちに帰ります」と手をついて言った。それきり、綾子を見かけなくなってしまった。ある日、おかしいなと思って父に尋ねると、「姉様は在所に帰られたで、もううちの人じゃないよ」と言われる。軍国少年の志郎は、「軍神」の妻である姉が実家に戻ることを理解できなかった。「こんなことがあっていいものか」と子ども心に強く思ったという。当時十五歳だった志郎の目には、綾子は、兄を、そして、両親を捨てたと映ったのだ。

新婚わずか三ヶ月で夫は特攻出撃。幸か不幸か、綾子は、大橋曹長が望んだ忘れ形見を宿すことはなかった。終戦を機に第二の人生を選んだ綾子はその後、再婚して幸せな生活を送っているというが、帰らないことがわかりながら、夫の実家で過ごした五ヶ月間、綾子は、伍井大尉の妻の園子とは違った意味で、孤独で暗澹《あんたん》とした日々を送ったことだろう。

志郎は最近になって、ようやくこう思えるようになった。

「今じゃ、再婚して幸せなんだから、連絡をとらん方がいいと思うとる」

届かない戦死公報

話を伍井大尉に戻そう。

『陸軍航空特別攻撃隊史』（生田惇著）などによると、昭和二十年三月二十七日、機上から家族らに最後の別れを告げた伍井大尉は、知覧で待機した後、四月一日午前三時、第二三振武隊の岡本、金子両准尉と大橋、藤野両曹長を率いて、沖縄・慶良《けら》間《ま》列島を目指し出撃した。ところが、途中でエンジントラブルが続出。岡本機が徳之島飛行場に不時着したほか、金子准尉と大橋、藤野両曹長の三機も知覧に帰ったため、伍井大尉だけが突入した。

金子准尉ら三人は、故障を修復した後、午後四時、伍井大尉の後を追って、再び知覧を出撃、沖縄周辺の敵艦船に特攻攻撃を敢行している。第二三振武隊の特攻機は、日中戦争初期に活躍した九九式襲撃機。沖縄戦の頃には旧式で、老朽化が激しく、トラブルが絶えなかったのだ。

第二三振武隊の残り八人のうち、前田、塩島、柴本の三少尉と豊崎、清水両軍曹は二日後の四月三日午後三時半、知覧を出撃、沖縄周辺の敵艦船群に体当たり攻撃を敢行している。

ただ、伍井大尉の突入時間については、生田説では一日午前となっているが、伍井機もエンジントラブルを起こし、一度知覧に戻り、修復した後、同日午後、一人で出撃、突入したという説もある。

また、伍井大尉はこれまで、九九式襲で突入したとされていたが、戦後六十年近く経《た》って変更され、『第五〇回知覧特攻基地戦没者慰霊祭記念誌　魂魄《こんぱく》の記録　知覧特攻基地』には、一式戦闘機「隼《はやぶさ》」と記載されている。

特攻隊に関する詳細な資料が残されていないため、いまだに正確な状況がわからない有様なのだ。戦後、軍がどれほど混乱していたか、その狼狽《ろうばい》振りを垣間見《かいまみ》るようである。

ただ、伍井大尉の最期は、元学徒兵で、知覧の警備に当たっていた日本生活教育連盟顧問の丸木政臣が、ウェブサイト「生活教育」の中の連載『私と沖縄』でこう記している。

四月一日には、予測通り米軍は沖縄本島の中部西海岸に上陸を開始した。一日のうちで六万人の兵員を上陸させた。この間に三月二十六日についで、二十九日、三十一日と特攻機は慶良間周辺の米艦船に体当たりを決行した。知覧基地の空気も殺気だつほどに張りつめてきた。一日には夕方十七時から十七時三十分までに、第二三振武隊十機、誠三九戦隊六機、飛行一七戦隊七機が相ついで出撃した。めざすは嘉手納《かでな》海岸の空母、戦艦、駆逐艦、輸送船である。目的地点に到達するのは百五十分位あとで、その頃は通信室に上級士官が集まって戦果にかたずをのむことになる。隊長機につけられている無線機から『ヴァージニア発見、我突入ス』と第二三振武隊長伍井中佐から打電してきたときは、万歳、万歳の声が爆発した。しかし掩護機《えんごき》のない悲しさ、多くの機が途中で撃墜されたもようであった。

他の資料と若干の食い違いがあるが、いずれにせよ、伍井大尉が、昭和二十年四月一日に沖縄周辺に特攻攻撃を敢行、散華《さんげ》したことは間違いないだろう。

園子は四月に入ると、毎日、ラジオの戦況ニュースに耳を傾けていた。特攻作戦は軍事機密で、特攻隊員は、たとえ家族にでも出撃基地と出撃の日時は教えてはいけないことになっていた。だから、夫の死を確認する手立てはニュースしかなく、園子は、夫の名前がいつ流れてくるかと、ラジオを片時も放さなかった。

四月三日、突然、夫の名前が耳に飛び込んでくる。

「四月一日早朝、手に桜の花を持ち、第二三振武隊特攻隊長、伍井大尉、以下〇〇名と出撃す」

ニュースは、「沖縄海域で敵艦船に突入した」と繰り返していた。夫の死の報《しら》せを聞けば自分はわんわん泣くと思っていたが、不思議と涙は出なかった。「ああ、征《い》ってしまった、征ってしまった」と思うだけで、一日中、何をしていたか全く覚えていない。

伍井大尉からの最後の手紙が園子の手元に届いたのはその二日後のことだった。

断ち切れぬ思い

特攻隊の遺族を取材していて、みなが一様に口にしたことがある。

「出撃＝戦死」と頭ではわかっているはずが、いつまでも「どこかに生きているのでは……」「ひょっこり、帰ってくるのでは……」と思い続けていたということだ。

特攻隊の場合、戦死した夫や息子の遺体と対面できるわけでもなく、遺骨が戻るわけでもない。戦死した場所が詳細に特定されることもない。遺族が、戦死を〝確認〟するのは戦死公報だけなのだ。大切な人の「死」を受け入れるには、あまりにも簡単すぎる。

園子の場合も同じだった。ところが、その戦死公報は一ヶ月近くたっても届かないばかりか、軍からの連絡もない。ラジオのニュースは、夫の戦死を伝えたが、園子には、夫の戦死が実感として感じられなかったに違いない。

そんな時、第二三振武隊の塩島少尉の母、清から手紙が届いた。

手紙にはこうあった。

未《いま》だ御目もじを得ませんが乱筆にて、一寸御便《ちょっとおたより》申ます。百花咲き匂《にお》う頃となりました。皆々様は健かでお出なりますか。今回御主人様の御供に従いまして出撃いたしました塩島清一の母で御座います。不思議の御縁でみ国の役に立つようになりましたと聞きました時は、一寸ほしいと致しました。銚子より御出撃の折と壬生で大尉殿に御目に懸りまして温かい部下を労《いたわ》って下さるお方という事を知りました。清一もすっかり信頼申して居りました事がよく分りましてほんとうに幸福者と存じました。振武隊の方々の御写真を拝見せぬ日とては御座いません。本日銚子のある人からの便りに、四月三日華と散られた由の事が初めて分りました。風の便と申して居ります。未だ公報が御座いませんが清の事らしく思われまして一寸御伺い申上げます。

隊長様のお宅様には慥《たし》かな御通知でも御座いましたか、一度御伺い申上度《たく》存じまして志きりに御所を伺い度存じて居りましたが、空襲苛烈《かれつ》となり老人の事故《ことゆえ》遂々出かねて居ります次第で御座います。

隊の皆様御優しい隊長様の御供して喜んで死につきました事と存じます。是《これ》も前世からの深い深い御約束だったと存じます。決して悲まないで下さいと申し残して参りましたら言葉に対しましても気を志っかり持って居りましょうと公報を待っております次第で御座います。先日壬生の古島ち枝子様から御手紙を頂きました。皆様からよろしく頂きました幸福を今猶《なお》思い出しております。奥様には御可愛《かわい》らしい御子様方に囲まれて御楽しみも御ありですが又一層御歎《なげ》き深い折々をどうして御過ごしになりますかと御気の毒にのみ存じ上ます。大宮までは電車が参りますがそれから先切符が手に入れ難い事と存じまして取りあえず御見舞いまで申し上ます。乱筆御判読のほど願い上ます。

四月二十九日　　　　　　　　塩島清

伍井御奥様

塩島少尉の母親も、息子の安否の確認ができず、気持ちの整理がつかないでいるのだった。続いて、五月二十五日には岡本准尉の妻、えい子からの手紙が届いた。

何時《いつ》の間にかすっかり青葉になりました。

過日は御葉書嬉《うれ》しく拝見させて頂きました。私よりお手紙差し上げるべきが当然で御座居ますのに申訳御座居ません悪しからずお許し下さいませ。

主人在隊中はいろいろお世話様になりました。御厚礼申上げます。

此《こ》の度はご主人様には誠に御苦労様で御座居ます。部下思いのおやさしい御立派な隊長様について征かれましたこと主人どんなにか幸せで御座居ます。三月二十七日二十三振武隊の皆々様の御出陣私もお見送りさせて頂きました。立派な御出陣で御座居ました。悠々の大義に生きる主人達の覚悟大君の御為《おんため》に喜んで征かれたので御座居ます。我人の妻はもとより覚悟の上、私は笑顔《えがお》で最後のお見送りを致しました。生の別れはまた死の別れともなるお見送り、坊やを抱いて私は飛行機が見えなくなっても空の彼方《かなた》を見つめて居ました。涙も見せずに出発を祝って上げましたけれど此の時の胸中お察し下さいませ。同じ境遇に居られます奥様にはきっときっとわかっていただける事と存じます。

身はたとえ波の末路に果つるとも
　とわに栄ゆる国を守らむ

此の覚悟主人の読みました歌で御座居ます。男らしい働きを期待致して居ます。遺書や日記、心強い事が書いてありました。泣かずに読もうとしても出てくる涙覚悟はして居るとは云いますもののやはり女は弱いのでしょうね。人知れず泣くので御座居ます。奥様私の気持お察し下さいませ。主人より出撃前夜に書いた手紙を四月七日受取りました。其《そ》の後小包が送られて参りました(四月十八日受取)。身につけて居りました軍服、シャツ、ズボン下等又印鑑まで送られて参りました。

身は亡びても魂は永久に君を守らむ

と、これが最後の手紙かも知れません。一人思いを南海にはしらせて居ります。形見の坊やしっかり育て、主人の遺志を継がせます。ヨチヨチ歩いて居りました坊や、近頃ではしって歩きます。この姿主人に子供の顔をもう一度見せて上げたいです。乱筆乱文にて失礼申し上げました。奥様はじめ御子様くれぐれもお身御大切にお暮らし下さいます様陰乍《かげなが》らお祈り致して居ります。こんな私では御座居ますが今後ともよろしくお導き下され長く長く御交際の程をお願い申し上げます。

かしこ

岡本えい子

岡本准尉の妻のえい子は、夫が予定通り特攻出撃し、戦死したものと思い込んでいたが、この頃、岡本准尉は不時着した徳之島《とくのしま》で鹿児島へ戻るため、友軍機が来るのをじっと待ちわびていたのだ。

第二三振武隊が突撃した後、園子の手元に、当時、部下だった特攻隊員たちの遺族から、たくさんの手紙が寄せられた。当時は、手紙を書きたくても紙がなく、牛乳広告のチラシの裏に書かれたものもあった。だれもが、夫や息子《むすこ》の消息を確認したかったのだ。

智子は、園子に届いた手紙を見せながら、

「母としては、遺族の人たちとの手紙のやり取りで救われたようです。というのは、自分の知らなかった振武隊のことや、自分が気付かなかった父の素顔や生活ぶりがわかったからです」

と、母の気持ちに思いをはせた。

新たな絆《きずな》

古島ちえ子は、伍井大尉たちが特攻訓練をしながら待機をしていた壬生飛行場で、隊員たちの食事の世話をする栄養士だった。園子は、このちえ子と頻繁に手紙のやり取りをしていた。六月に入ってちえ子からこんな手紙が寄せられた。手紙は新聞広告の裏に書かれていた。

あれから早いものですこと二ヶ月以上も経《た》って青葉も清々《すがすが》しい初夏の候となってしまいました。

お便り大変お懐かしく拝見させて戴《いただ》き思いは同じ、早速御返事認《したた》めました。

お便りしようと思いつつ早朝から夕方迄《まで》のお務に疲れ死んだように朝迄寝ていると母も申しますが何も女らしい事もせず、毎日の職場が生活の全部と云《い》ったような潤のない日々を過しています。それにつけ二十三振武隊の方々が居られたら同じお仕事にしてもどれ位張合があったかしらと事々に思い起されます。其の後の消息もないままにもう行ってしまわれたんだと、あきらめ一途《いちず》に戦果を待って居りますの。それらしい報道もなく、色々の噂《うわさ》は入りますがどこを信じてよいやら気を揉《も》むばかりです。（中略）

日本の女性も強く美しく生きなければならないと思いますね。九州から最後の前田少尉どののお便りにも、強く美しく正しく生きて行けとありました。園子お姉様など、三人の隊長殿の御大事な御子様を育《はぐく》む大事な御身体くれぐれも御身に御留意なさって下さいね。お話が本旨よりそれましたが、二十三の皆様は、十二名そろって行かれなかったとか、二人、三人と外の振武隊の方へ行かれたそうです。前田少尉どのの、柴本少尉どのは、飛行機の故障で基地に引返し、四月八日に行かれたとか、隊長どのは、まだ九州にいらっしゃるお話ですが、そうそう軍服が送って来られましたとか、冬服が必要でなくなったころ迄いらした事は確実ですね。いまも九州であの静かな笑みを浮かべていらっしゃるような気が致します。外の方もまだどこかにいらっしゃる様で、音の変った飛行機が見えますすと外へ出て空を仰ぎ、小さくなって行く機を送り淋《さび》しくなってしまいます。（中略）

寺村少尉どのも御存じない様なお話です。やはり「まだ隊長さんは九州に居られるんでないかな」と仰言《おつしや》ってらしたし、夜久少尉どのも私のお部屋へお裁縫を頼みに来られた時もそう仰言っていられました。此の方々もやがては特攻員として出られるのでしょう。夜久少尉どのは新婚早々です。（中略）

最近新聞を見る張合もない様な戦況、沖縄も尊い犠牲者で、血の色に変ってしまうでしょうと思います。此のままでは申訳ない、どんな事があっても勝利を治めないと、花と散った方々に申訳ないですね。（以下略）

ちえ子は、伍井大尉と第二三振武隊の隊員たちとの思い出がいかに大きく、そして充実した時間を過ごしたかを切々と綴《つづ》っている。しかし、すでに特攻攻撃に出撃し戦死したと思っていた夫が、九州で生きているかもしれないというこの手紙は、園子に大きなとまどいを与えた。園子はすぐにちえ子に返事を書いた。簡単な時候のあいさつの後、いきなり本題に入っている。

御手紙拝見致し皆な一緒に突入致したとばかり思って居りましたら、意外なので驚きました。主人は、どうして後に残ったのでございましょう。中隊の人々のゆかれし後一人で居る主人の胸中如何《いか》ばかりでございましたでしょう。たとえ身は、足がなくなり手がなくなっても帰って慾《ほ》しいと望んで居りました私も、今は、もう、ああして、立派に出陣して参りましたからは、早く望をとげさせて、安らかな眠りにつかれる様念じて居るのでございましたけど、日が長びけば、長くなるほど、大変と思い、どんなに苦しかったかと、又涙にくれてしまいました。生きて居っても、現世から別れをつげし主人後に残ったと手紙も書けぬのでございましょう。

軍神の妻を演じ、生き残ったかもしれない夫の無念な心中を推し測り綴った後、こう続けている。

勝つためには、どんな苦しみも負なければなりませんでございましょうけど、戦争は、あまりにも多くの人をむざんにして居ります。御家庭を持っていない人は、身軽で、よいと申しますけど、若い身で、人生の三大使命をまっとうしない内に参ります。ただやはり色々の理想がございましょう。その点主人は、父親としての味わいも、出来、自分の血のつながりも居るのでございますから、安心して参れました事でございましょう。後に残る者はつろうございますけど、男子にのみ死をさせる事はあまりにも、ひどいと思います。誰方《どなた》もそれぞれ結婚への夢もございましょうから。

子供への愛着のために、なかなか決心出来ぬ事もございましょうけど、大きく考えたら、子供達の幸福のためだから、喜んで行けると申して居りました。子供の幸福のためだったら、如何なる苦しみもたえしのべると申しますから、考え様によっては何ともないのでございましょう。何かつまらぬ事、くどくど書いてしまいましたけど、五月九日に遺品として軍服、下着類、万年筆など参りましたから、第二次攻撃の時位に突入して居るのではないかと思いますけど、岡本さんの奥様は四月十八日受取としたためてございましたから、あまりにも日の差があり過ぎると思って、居りました。そんな点で戦果の発表などもおそくなるのでございましょう。主人一人おくれたため中隊の皆様の御家庭で、戦果の発表のみお待致して居るのに申訳ございません。桶川の分教所からも特攻隊が、参りました。その時基地まで行きまして帰られし方のお話では、もう居らなかったとの事でしたけど、空母に突入とか云って居ったと他から聞きましたけど。あんなに多くの方が花と散って参りましたのに、沖縄の戦況もあまり思わしくなく、ほんとに多くの方が花と散ってますばかりでございます。国民全部がほんとに皆な特攻隊になってもう少し真けんになってくれたらと思う事が多々ございます。軍人は、皆なほんとに純情です。幾才になりましても、ほんとに子供みたいな可愛《かわい》い処がございます。純情なればこそ、平然として、悠久の大義に生きられんのでございましょう。

そして、

勝利の日は、必ずあると信じ如何なる苦しみも、絶えしのんで、毎日を強く生きぬきたいと思って居りますけど……。（中略）

小さき子供三人も居りますので、壬生まで参りましてお目もじ致しお話し伺いたく存じますけど、一人では行く事も出来ず出陣の朝も、お送り致さないで、皆様にすまなく思って居ります。一人がねんねの間にお買物なども出る様にして居りますので、一遍に三人の子に泣かれますと、叱《しか》っては、可哀《かわい》そうと思いつつも、小さき何にもわからぬ子供を強く叱り、一人でプンプンしてしまいますの。主人が居りし時いつも、修養がたりぬと申されて居りました。家に居る時から我まま者の私、主人の前でも、わがままを通してしまいました。いつもよい事につけ、悪い事につけ、主人を思い出す事のみでございます。いつもと変りなく、出てゆきてお出かけ、まだ、いつになっても帰られる様な気がして仕方ございません。私の目で死をみない以上、いつになっても、死を信じられません。いつかは、帰って来られると、生涯お待致して過す事に致しましょう。お手紙も子供達をねんねさせた後書きますので、いつも悪文乱筆にて失礼致して居ります。

いまだに夫の戦死が信じられず、生涯待ち続けると、妻としての本音を吐露している。

園子や遺族らの手紙からは、情報が錯綜《さくそう》し、正確な情報が得られないことへのいらだちととまどいも伝わってくる。

智子の自宅には広い庭があり、一面、四季折々の花が咲き誇っている。花好きだった園子を偲《しの》んで手入れをしているのだという。母の手紙を手に、長女の満智子はこう話した。

「母には、父は、皆さんと一緒に戦って、日本を守ってくれるんだという気持ちがありましたが、本当のところは、生きていて欲しいという思いが強かったんです。でもそれは正直な気持ちですよね」

長男の死

特攻出撃を知り、一度は戦死したとあきらめていたところへ突然、飛び込んできた生存の可能性――。産後の肥立ちの悪さからくる体調不良に加え、確証のとれない情報は、園子の精神状態を大きく揺るがした。しかし、運命はさらに園子を追い詰める。幼い子ども三人を抱えて途方にくれる園子に、追い打ちをかけるような悲劇が襲ったのだ。

伍井大尉が特攻出撃して三ヶ月余り経《た》った七月二十一日のことだ。長男の芳則が朝から、食べ物を口にせず、突然、吐き始めた。すぐに近くに住む妹の歌子の家を訪ね、開業医だった歌子の義父に診察して貰《もら》ったが、医者でも薬を手に入れるのが難しい時代のこと、十分な治療ができない。重湯を与えたが、それだけでは栄養をとることはできず、翌日、芳則は息を引き取った。生後八ヶ月。病名は自家中毒症だった。

悲報を聞いて駆けつけた近所の人たちは、

「奥さんが大変だと思って、伍井さんが連れて行ったのね」

と、口々に園子を慰めたが、園子は泣き明かすだけだった。

妹の歌子はその時の様子を鮮明に憶《おぼ》えている。世間話をしている時は、伍井大尉や芳則のこと「超〇〇〇」と若者言葉をまじえ、明るく笑いながら話す歌子だが、伍井大尉や芳則のことになると、表情を一変させる。

「医者の責任だけではありませんでした。栄養のある食物は、全く手に入らなくなっていた上、産後の肥立ちが悪かった姉は、伍井さんが出撃したショックで、母乳が出なくなっていました。ミルクも牛乳もなく、何もしてあげられなかった。ただ、ただ、死なないでと祈るほかなかったのです。姉は冷たくなった芳則を抱いて、一晩中、泣き明かしていました。でも、あの頃は芳則だけではなかったんです。たくさんの子どもが自家中毒で死んだんです。子どもたちも戦争の被害者でした」

園子は夫・伍井大尉から、子どもの養育を任され、成人した後、見せて欲しいと書き残した遺書を預かっていた。しかし、夫の気持ちを芳則に伝えることすらできない。そんな思いが園子の悲しみを一層深いものにしていた。歌子は、

「姉は伍井さんから授かった大切な命を、育てられなかった、伍井さんに何と言って報告したらいいのか……悔しさと無念さで一杯だったと思います」

と言って目頭を押さえた。

出撃から三ヶ月以上経っても、戦死公報は届かなかった。それればかりか、伍井大尉が出撃した直後から、俸給がこなくなってしまった。園子は、満智子と智子を歌子の家に預け、東京・市谷の航空本部まで一人で直談判に行く。その時の気持ちを生前、こう話している。

「主人が死んでからは、もうどうにでもなれ、という気持ちで、空襲警報があっても、防空壕《ぼうくうごう》にも入らずにいたんですよ。いっそ、母子とも死ねたらいいと考えていました。でも、芳則が死んだ時、軍人だからといって、使い捨てにされてなるものかって、思い直したんです。その時、メソメソしてたらいけなかったんですよ。でも、こちらが言わなかったら、放っとく気だったのかしら」

軍の判断は、「戦死公報が出ていない以上は、戦死したとは言えない」とするもので、俸給は出るようになった。

戦局はついに好転せず、八月十五日、終戦を迎える。

園子は、芳則を亡くした悲しさや家族の近況をちえ子に手紙で知らせていた。ちえ子からの返事は二百字詰めの原稿用紙にびっしり書かれ、八月の終わり頃投函《とうかん》されている。

過日のお手紙、唯々《ただただ》、驚ろきと、人ごとならぬ悲しみで早速、御悔みやら御なぐさめ申し上げようと思いつつもその言葉も知らず遂に今日になってしまい誠に誠に申訳なく御詫《おわ》び致します。

隊長殿の後を継ぐ者があるからと、よく仰言《おつしや》っていらした坊ちゃんを失われどんなにか落胆されたでしょう。園子御姉様、私も何と申上げてよいやら唯々職業柄、乳児を抱えて居られる御母様にだけなりとも、満足な主食を与えて欲しい、此《こ》の様なことは伍井様だけではないと思うのです。母乳が赤ちゃんに与える影響は随分大きなものでございますものね。

此れも皆憎い憎い米英の為《ため》、此んな感情を抱いて全国民が大東亜戦完遂のために一途に邁進《まいしん》致して参りましたのに。

八月十五日正午、畏《かしこ》くも大詔を拝しくやし泣きに泣きました。何の為に今迄《いままで》戦かって参りましたのでしょう。苦しくも最後の一明を頼りに働いて参りました。誰れもがそれを楽しみに唯一つの望みとして総《すべ》てを捧《ささ》げて参りましたのに。天皇の御為と散って行った数多《あまた》の英霊に何と御話してよいのでしょう。沖縄に此の一戦を、興敗と何も捨てて、敵艦に散って行ったあの方達、此んな事なら、行かずに居て欲しかったと小さな考えを起します。（中略）

何年か先の、日本の再起を楽しみに生きられる所迄生きて参りたいと存じます。

園子御姉様もどんなにか御苦しく辛《つら》い事がございましょうが何卒何卒《なにとぞ》御二人の

よい御母様となって生きて下さいませ。

九月十五日には右下に「陸軍」と印刷された便箋《びんせん》の手紙が届いている。

御手紙拝見致しました。

何と申し上げてよいか分らないのです。お手紙を拝見して又思いを新に致し、実際此んな敗けてしまうのなら行かないで欲しかった。御国のため、大君の為と笑って行った、あの方たち、みんな水の泡となってしまったのですね。最後の勝利のためにと唯一つの希望を持って、それぞれ大切の人を御国に捧げて参りましたのに、その希望も失い、毎日呆然《ぼうぜん》とした日を過して居ります。殊に、御姉様は、それこそ、かけ替えのない御優しい御主人を、そして、可愛《かわ》いい坊やを亡くされて、それこそ、どんな御気持かと、御察し致して居ります。此の、日支事変から大東亜戦争にかけて、此んな方がどんなにか、いらっしゃるでしょう。それも勝ったのなら諦《あきら》めもつきましょうが、逝かれた方だって浮ばれませんね。

岡本准尉殿は、御病気で、出撃されなかったのだそうです。此うなった今、御家族のため、それが何よりと、何よりも嬉《うれ》しく、あの十二人の御写真を見て此の人達全部残って居ないかしらと空想しています。（中略）同期の人達が、召集解除になって、おくにへ帰えられるのを見て、羨ましく又つろうございました。殊に、園子御姉様など、その様な方を見てどんなにか御つらい事かと総てが利かん坊の私にはしゃくにさわって仕方がありません。

（中略）

一番最後迄残って思い出の、飛行場で働いて参りましたが、十五日から、行かないでも済むようになりました。忙がしく、相当の無理をしてやって参りましたが、そのころが、かえって楽しかったのですね。

此れからは家事のお手伝やら、女としての嗜《たしなみ》、婦道に精進したいと存じます。何かよいお仕事でもありましたら奉仕したいと思います。今の所、そんな事もなくて。お姉様も、お子様だけで、精一杯でございましょうに。職業、私の貧しい考えではよい案も浮びません。唯々、夢想だにしなかった敗戦国と云《い》う現実を見つめるばかしです。

園子と、伍井大尉が最後の約一ヶ月を過ごした壬生飛行場で第二三振武隊の身の回りの世話をし、最後を見送ったちえ子は、お互いに素直な気持ちを吐き出せる関係になっていた。園子の手元に伍井大尉の戦死公報が届いたのは終戦から二ヶ月後。

十月十九日のことだった。戦死公報にはこう書かれていた。

昭和弐拾年四月壱日　沖縄島附近方面ノ戦闘ニ於《お》テ戦死セラレシ候条此段通知候也
昭和弐拾年九月二十八日

妻・園子が二十七歳、長女・満智子が四歳、次女・智子は二歳になっていた。

生きる

二人の幼い娘を抱えた園子は、戦後、がむしゃらに働き続けた。子どもを育てるため、そして、夫と息子を失った悲しみを忘れるため、無我夢中で働くほかなかった。

園子は、夫の実家の世話にはならず、自立する道を選んだ。桶川国民学校（現・桶川小学校）が教員の募集をしているのを知るとすぐに応募、昭和二十一年四月一日から、教師として教壇に立った。

家は、歌子の家の近くに一軒家を借りた。桶川駅まで近く、小学校までは自転車で五分ほどだった。ただ、働きながら二人の子どもの面倒を見るのは大変なので、智子は小学校に入学する六歳まで、埼玉県・坂戸にある自分の実家に預けた。

「父の実家に行けば、無駄な苦労をしなくてもすんだのでしょうけれど、母は農作業をできなかったらしいのです。だから、自分で生活する道を選んだのだと思います。近くに叔母《おば》も住んでいましたから、心強かったんだと思います」

その頃園子と二人で暮らしていた長女の満智子は、園子と父親の話をしたことは一度もない。園子の思い出は、働いている母の姿ばかりだ。

知人に出した手紙類や日記なども残されていないため、第二の人生を歩み始めた園子の思いを知るすべはない。ただ、智子はこう話す。

「母は、父の部下やご遺族とは極力付き合わないようにしていました。きっと、〝時代は変わったんだ〟、〝戦争を忘れよう〟、〝後ろは振り返らない〟と考えて生きようとしたんだと思います。それに何をどう話していいのかわからなかったのだとも思います。ですから、私たちの生活の中では、父の話は禁句になっていました。私たちも、子どもながらに聞くと可哀相で、父のことを母には聞けませんでした。母も、私たちには、父は飛行機乗りだったとしか言いませんでした」

満智子も智子も、小さい頃の母親の記憶は薄い。インタビューに同席してくれた小島千本は、昭和二十八年四月一日から園子と桶川小学校で机を並べ、それ以来、園子が亡くなるまで親しく付き合ってきた。

「いざという時に頼りになる男の人がいなかったから、自分の力で二人の娘を育てるんだという強い気持ちが伝わってきました。でも、伍井さんの写真はいつも持っていました。私たちの年代は、悲しいことも口には出さず、いつも心にしまっておいたのです。園子さんも、伍井さんのことを思い出すのでしょう、時おり、こっそり涙ぐんでいました」

園子は、二人の娘には、父親がいないという淋《さび》しい思いをさせたくなかったのだろう。そのために、毎日の服装にもこだわった。持っていた着物を子どもたちの洋服に作り替えては、センスのよいきれいな服を着せるようにした。定期的に美容院に連れて行き、パーマをかけさせた。ボーナスが出ると、東京・上野の大手デパートで、二人が欲しがる服を買って与えた。ほかの人よりみじめな恰好《かっこう》をさせたくなかったのだ。そして、自分の経験から、娘には、資格を取ることを強く勧め続けた。

小学校での園子は、威風堂々とした存在感のある厳しい先生で、子どもたちからは怖がられた。国家を、そして家族を守ろうとした夫を特攻攻撃で亡くし、しかも戦争は敗戦。そんな経験を持つ園子にとって、戦後の日本を支える子どもたちへの教育は、後顧を憂う伍井大尉の〝思い〟を伝えることだったのかもしれない。

智子は、

「お正月にお年賀に来るのは、成績のよくない子ばかりで、優等生はほとんど来たことがなかった」

と、うれしそうに話す園子の笑顔を憶《おぼ》えている。

小島は、小学校に入学したばかりの小さな子どもが学校生活に慣れ、立派に発表会などをこなすと、「私、涙が出ちゃうの……」と言って、涙を流す園子を何度も見た。その頃の教え子は今でも、「伍井先生にお世話になりました」「先生に叱《しか》られたので勉強をしたんです」と園子を懐かしみ、訪ねて来るという。

穏やかな園子が、必ず声を上げて子どもたちを叱る事があった。子どもたちが戦争映画などを観て、「かっこういい」などと言った時だ。自宅では、戦争にも夫のことにも一切触れない園子も、学校では違った顔を見せていたのだ。

園子は、その当時の気持ちをこう言い残している。

「戦争から時が経《た》つにつれて、子どもたちがあこがれを持つような話ばっかり残っていくみたいで、たまらなく不安でもありました。特攻も、なにか、美化されていくような気がして、そんな風潮に歯止めをかけなくてはと、私なりに必死でした」

園子は、三十三年間に及ぶ教員生活を無欠勤で通し、昭和五十四年三月、桶川北小学校を最後に定年退職する。退職した園子は、それまでの人生を振り返り、こう話している。

「それまで夢中で暮らしてきて、気が付いた時は六十を過ぎていました。子どもがいたから過ごせたのでしょうね。息子を亡くした時はもうどうなってもよいと思っていたけれど、後になって生きるということは並たいていのことではなかったけれど、私には二人の娘がいたのですよ。この子たちの成長が楽しみで、二人とも嫁いでしまって私は一人暮らしだけれど、妹（智子）の方は同じ桶川に住んでいるので少しも淋しくないし、孫も五人もいるし、かわいいし、孫の成長も楽しみだし、仲のよい人たちと旅行に行ったりと結構忙しいの。夫と芳則のことを忘れたい忘れたいと思っていたけど、死ぬまで、いいえ死んでも忘れない、それほどつらいことだったの。だから学校をやめたら遺族として私には運動しなくてはならないことがあるのよ。国のために亡くなった人たちがいまだに国家護持できないなんて私は悲しくてしかたない」

園子が夫のことを子どもたちに話すようになったのは、小学校を退職してからのことだ。

妻の本音

終戦から八年経った昭和二十八年、恩給法の改正で、園子に、ようやく伍井大尉の恩給が支払われるようになった。しかし、これについて園子は、新聞社から尋ねられ、こう話している。

「恩給のおかげで、二人の娘をどうにか短大までやれました。けれど、夫たちにあいう非情なことをさせた当時の国の指導者に対する恨みが消えたわけでは、決してありません」

夫が特攻出撃する際は、軍神の妻を演じ、毅然《きぜん》とした態度を見せ、戦後は、戦争の話には触れず、教職の道を選び二人の娘を育て上げた園子の「本音」である。

昭和三十年、智子が中学一年生の時にこんなこともあった。第六航空軍の司令官として沖縄特攻作戦の指揮をとった菅原道大元中将が、突然、園子を訪ねてきた。元中将は、特攻遺族の慰霊のため全国を回っていたのだ。仏壇に手を合わせた後、智子の顔を見ながら、元中将はこう言った。

「このように小さいお子様がいて、ご主人はどうして特攻に行ったのでしょう。子どものいる人は、特攻には出なかったはずなのですが……」

この言葉を聞いた時、園子の表情は豹変《ひょうへん》した。

「母は一瞬大きな声で『あなた様は……』と言いかけて、後は言葉を呑《の》み込みました。母が、あんなに声を荒らげたのを見たことはありませんでした。当時、特攻隊員には子どもはいないとさかんに言っていたのに、うちには三人もいたのよ、あなたはすべてを知っているはずなのに、なぜ、そんなことを言うの――という気持ちだったんだと思います。母は納得できなかったんです。この時、初めて父が特攻隊で戦死したことを知りました」

妻子を残して戦死したのは伍井大尉だけではない。特攻攻撃では多くの隊員が妻子を残して散華《さんげ》している。なのに、多くの部下に必死隊を命じておきながら、自分は生き残り、しかも、平然と口にした元中将の一言が、その無神経さが、許せなかったのだ。

それも、戦後十年というと、園子が、戦争を、夫の戦死を、そして息子の病死を封印しようと、小学校の教師の道を選び、やっと軌道に乗ってきた時期。そんな時に、どうして……という口惜しさもあったのかもしれない。

智子が保管していた栃木・壬生飛行場の栄養士・古島ちえ子との手紙の中でも綴られているが、生き残った特攻隊員に対する思いも複雑だった。

伍井大尉と一緒に出撃したが、エンジンが不調で引き返した第二三振武隊の岡本龍一准尉が園子に手紙を出している。

朝夕涼しくなりました。尊家皆々様御変りなく御暮らし過されますか。未《いま》だ拝顔の栄に接せず乍《なが》ら書状を通じて失礼致志ます。私事、御主人伍井隊長殿の指揮下にて色々と御面倒相致して居りました岡本で御座居ます。

私は四月一日隊長殿と一緒に沖縄方面へ出撃致しましたが、運悪くも途中、機体の故障に依り島に不時着致し内地帰還致しました所、変った生活の為《ため》か遂《つい》に立つ能《あた》わず四国の病院に入院加療半月余にして大詔が読渡せられはずかしい乍らも思わざる故郷の土に立帰りました。

隊長殿は四月一日出撃されましたが、隊長殿も運悪く機体故障の為に途中より引帰されました。其《そ》の日は全員一緒に出撃しませんでしたので、残余の人員と行動一緒にされた事と思います。私が不時着致しました時早速無線に依り隊長殿と連絡致しました所、成可《なるべ》く早く帰ってきて呉《く》れとの御返事を戴《いただ》いたのでした。

其の後都合に依り連絡も不能となりましたので其の儘《まま》となって居りましたが、内地帰還と同時に部隊の方に連絡致しましたが、其の御返事も無い中に戦の終局となりました。第一回出撃より丁度四ヶ月も経過致して居りますので其の中にて一度再度出撃をされ御成功なされたのではあるまいかと御察し申し上げます。

早速御伺い申し上ぐ可き所で御座居ましたが、死を決せる者の生きるはずかしさと申しましょうか、御遠慮させて戴き居りました所、本日金子氏留守宅よりの便りに依りますれば、未だ当事者の俸給も届かず、その他の事に関しましても不明との由。問合せ等の参考迄《まで》に別紙の通り認《したた》め置きました故、必要の場合は御利用下さい。
逐次冷気加ります折、何卒《なにとぞ》御自愛専一祈り申し上げます。
留守中は御色々と御世話様に成りました由、末筆乍ら厚く御礼申上げます。
先《まず》は乱筆失礼乍御挨拶《あいさつ》方々御伺い申し上げます。
敬具
岡本龍一
伍井園子殿

岡本は戦後、長い間、戦友との付き合いを絶っていた。伍井大尉ら同僚が戦死したのに、たとえエンジントラブルが原因とはいえ、自分だけが生き残ったことが、心を開かせなかったのだ。園子への手紙は昭和二十年十月九日付けの速達で届けられているが、文面からは、岡本の苦しい胸の内が読み取れる。と同時に、この手紙を受け取った園子の気持ちもまた、複雑だっただろう。

岡本からの手紙を受け取ってから三十七年後、園子は偶然、知覧で岡本と顔を合わせた。

「隊長の奥さん、生きて帰ってすみません」

こう言って頭を下げる岡本に園子は、

「よく生きていて下さいました。皆様の分まで生きて下さい」

と、腰を折った。

岡本と言葉を交わした後、園子は、三十七年間胸につかえていた複雑な思いを吐き出すように智子にこう話した。

「岡本さんと話ができて本当によかった、よかった。考えてみれば、あの方も犠牲者の一人なのよね」

岡本はこの時の気持ちをその後、こう語っている。

「奥さんの言葉を聞いて、ほっとしたというか、やっと安心できたように思いました」

園子にとっても岡本にとっても、長い三十七年だったのだ。

特攻隊の悲劇の話になると、必ずというほど登場するのが、第四五振武隊隊長の藤井一中尉だ。

藤井中尉は、熊谷陸軍飛行学校で少年飛行兵の教官として、精神訓育を担当していたが、教え子だった少年飛行兵たちが次々と特攻出撃し、戦死する報を耳にするにつれ、教え子だけを死なせる訳にはいかないと、特攻を志願した。中尉には妻と二人の子どもがおり、妻は当然、反対する。しかし、中尉の固い決意を知った妻は「私たちがいたのでは後顧の憂いになり、思う存分の活躍ができないでしょうから、一足お先に逝って待っています」という遺書を残し、二人の子どもを道連れに荒川で入水《じゆすい》自殺。翌日、晴れ着を着せた二女をおんぶして、長女の手と自分の手をひもで結んだ妻の遺体が発見された。

藤井中尉の特攻志願はその後受理され、中尉は、特攻攻撃も終わりに近くなった昭和二十年五月二十八日、知覧から出撃、散華した。

藤井中尉は出撃前、すでに亡くなっている二人の子どもに手紙を書き残している。

冷い十二月の風の吹き荒《すさ》ぶ日、荒川の河原の露と消えし命。母と共に殉国の血に燃ゆる父の意志に添って一足先きに父に殉じた哀れにも悲しい然も笑っている如く喜んで母と共に消え去った幼い命がいてほしい

父も近く御前達の後を追って行ける事だろう　厭《いや》がらずに今度は父の膝《ひざ》に懐でだっこして寝んねしようね　それまで泣かずに待っていて下さい　千恵子ちゃんが泣いたらよく御守しなさい　では暫《しばら》く左様なら

父ちゃんは戦地で立派な手柄を立てゝ御土産《みやげ》にして参ります

では　一子ちゃんも千恵子ちゃんも　それまで待ってゝ頂戴《ちようだい》

（『散華の心と鎮魂の誠』靖国神社企画・編集）

藤井中尉と妻の行動は、戦中、戦後を通して、〝軍人と軍人の妻の鑑《かがみ》〟として賞

賛されることが多いが、園子は複雑だった。伍井大尉と藤井中尉は熊谷陸軍飛行学校で顔見知りだった。それだけに〝事件〟は身近に感じられ、藤井中尉夫妻の悲劇が美談として新聞などに取り上げられるたびに園子はこう話していたという。

「死ぬことより生きることの方が大切なのに。亡くなった人は美化されすぎる。それに、藤井中尉は操縦者ではなかった。生き抜いてきた私は何だったんだろう……」

園子が、知覧での特攻慰霊祭に参列したのは戦後三十五年を経てからだ。学校を休むことに抵抗があったこともあるが、それより夫を思い出すのがつらかったからだ。教員を退職してからは、苦難の戦後が終わったのか、毎年、伍井大尉の命日の四月一日には靖国神社にお参りをし、同時に知覧や沖縄、フィリピンなどを慰霊に回った。

ただ、

「沖縄には行きたくない。身体《からだ》が震えてしまう」

と言って、沖縄には、それ以降二度と足を運ばなかった。

伍井大尉の最後の言葉は、

「人生の総決算　何も謂《い》うこと無し」

現在も、知覧の特攻平和会館に墨書が展示されている。園子が、伍井大尉の最後

の言葉の存在を知ったのは、平和会館を訪ねた時で、

「諦《あきら》めきった心境がにじみ出ているようでたまらない」

と言って、涙を流した。

園子が息を引き取った三月二十五日は、奇《く》しくも、伍井大尉が、特攻出撃を控え、別れの挨拶《あいさつ》のため、最後に自宅に戻った日だった。

智子は、昭和四十六年、新婚旅行の際、初めて知覧を訪ねて以降、平成四年に沖縄に足を運び、平成七年、再び知覧に。園子が亡くなった後は、母親に代わり、特攻基地を慰霊して回っている。

「あなたに頼みたいことがあるの」

園子の智子への最後の言葉だ。智子はこの言葉を、特攻隊員だった父を忘れず、いつまでも慰霊を続けてほしい――という母の遺言と受け止めている。

「沖縄も知覧も、行くと気持ちが高ぶってしまう。精神的につらくて、知覧には長時間いられないんです。初めて慰霊に行った時は父に会っているという気持ちが強かった。今でも、慰霊は私にとって、父に会いに行くことなんです。特に沖縄の海の風は父の香りがするんです」

残されている遺書や手紙から、父親の姿と生き方は想像できる。しかし、満智子と智子にとって悔やまれるのは、父親の声を知らないことだ。

第二章　新聞で知った散華——父と母、そして弟たち

新聞で知った戦死

伍井芳夫大尉が特攻出撃した二週間後の昭和二十年四月十五日の朝、いつものように玄関わきでイスに座り、陽だまりの中で新聞を読んでいた岐阜県加茂《かも》郡上米田村（現・川辺町）比久見の岩井伴一（六十八歳）は、突然、立ち上がり、読んでいた新聞を二つに折って力まかせにひざを叩《たた》いて大声で叫んだ。

「遅かった、遅かった、遅かった」

「サダが行っちまった、サダが行っちまった」

その声は庭から家中に響き渡った。

この日の中部日本新聞には「満を持し乾坤一擲《けんこんいってき》　敵の動揺に突入」という見出しで特攻隊の出撃を報じる記事が掲載されていた。

大内中尉（陸士出身）以下の振武隊降魔隊の勇士達が愛機を出発線に並べ終って後方の芝に円陣を作っている。石切山少尉（少年飛行兵）を長とする降魔隊の面々は赤襷《あかだすき》を全員十文字に引結んでその向うに一帯を作っている。この二ツの振武隊は、少年飛行兵を主力とする岩井伍長（少年飛行兵）宗平《むねひら》伍長（少年飛行兵）等昭和生まれの若々しい若鷲《わかわし》二人まで含むこの基地に集結した特攻隊の内でも年の一番若い組で全員その宿舎で聞いた降魔隊歌『生まれた国が日本なら、真男子は桜花、桜花咲くも散らすも美しく眉《まゆ》をあげて征《ゆ》け若鷲よ』の響きは記者が今まで聞いた、こういう歌のなかで一番胸の底に沁《し》み渡ったものであった、八重桜の一枝を振りながら少年飛行兵達の最後の合唱が沸き起った、それをニッコリ見やりながら大内、石切山両隊長が『お互いに少し永生きして了《しま》った』等と話している。

記事にある岩井伍長は、第一〇三振武隊の特攻隊員、岩井定好《さだよし》陸軍伍長。少年飛行兵十五期生で当時十九歳。伴一にとっては五男六女の二番目の息子だった。その息子が特攻隊員として出撃したことを、新聞記事で初めて知ったのだ。

記事はさらにこう続いていた。

九段隊の安田少尉（法政）降魔隊の栗津少尉（京大）の二人が最後の握手に記者のところに来て『今になってまだこうして平常と同じ気持でおられるのが自分でも不思議だよ、戦争がここまで来た時、われわれがここへ出るのが極《ご》く自然に決まっていたんですネ、自然にこうなったんだ、判《わか》ってもらえるかな』後は黙々と腕を組んで見上げる大空には美しい陸海軍機の編隊が次々に南へ飛ぶ、翼下にしっかり抱いた爆装が光る、第二回総攻撃の断はすでに下った、砂塵《さじん》を蹴《け》って「疾風《はやて》」「飛燕《ひえん》」の偵察機が飛び上った——轟々《ごうごう》と振武隊特攻機のプロペラも廻《まわ》り出した。出発線を第一列に三段四段と並んだ、この夥《おびただ》しい特攻機の姿を見よ、日本中から選《え》りすぐった一人々々粒よりの日本の青年のこの大挙出動を見よ。

振古未曾有《みぞう》の特攻戦法は今は単に日本民族の精神の強さだけを語るものではない、十一時四十分第一番機石切山少尉が静かに滑り出した、それからは続きにつづき奮迅としてつづいた。

陸軍高射砲兵曹長だった長男の千代司は、二年前の昭和十八年三月五日、南方ソロモン群島のコロンバンガラ島で上陸前の激しい網の目撃ちに遭い戦死、一年前の十九年七月にようやく村葬を終えたばかりだった。追い討ちをかけるような次男の訃《ふ》報《ほう》に、新聞を読み終えた伴一は身体を震わせ、

「千代司が死んで『お前は跡取りだ』と手紙を出したばかりなのに……」

と言いながら涙を流した。言葉には最初のような怒りも力もなかった。

伴一はそれまで何度となく、岩井伍長に「お前は跡取りだから」と手紙を出していた。「お前は跡取り」の文言には、「特攻にだけは行かないでくれ」という意味が

込められていた。時局柄、「特攻には行かないでくれ」と言うことは許されなかったため、言葉を選んで自分の気持ちを伝えようとしたのだ。手紙の意味を読み取ってくれと、ひたすら願う日が続いていた。ところが、新聞記事で突然、息子《むすこ》の特攻出撃を知ることになった。

「もっと早く手紙を出しておけば、自分の本心が伝わったかもしれない」という気持ちが思わず「遅かった」という言葉になって口から出た。

戦死公報はまだ届いていないため、息子の死を正式に確認する方法はない。伴一は、戦死公報が来るまで、妻のよしゑには内緒にしようと、読んでいた新聞をその場で燃やしてしまった。

よしゑは昭和二十九年六月に亡くなり、伴一も昭和四十一年四月に他界。伴一は、息を引き取るまで「馬鹿を見た」と悔しさと無念さをにじませていた。岩井伍長の両親は、悲しみを引きずりながら戦後の日々を送っていたのだ。

兄の死を伝え続ける

岐阜県加茂郡川辺町比久見は、名鉄日本ライン今渡《いまわたり》駅から車で十分ほどのところにある。近くに飛騨《ひだ》川が流れる、静かな田園地帯で、岩井伍長の実家は田畑に囲まれた大きな農家だ。

長男の千代司と次男の岩井伍長が戦死し、岩井家は、四男の鉞男《えつお》が跡を継いでいる。岩井伍長と鉞男は四つ違い。戦後六十年が経《た》ち、十一人兄弟姉妹のうち存命なのは鉞男と三男、五男と五女、六女の五人になった。

比久見は、戦前から養蚕業が盛んで、周囲は桑畑だったが、昭和四十四年頃、生糸相場が下がると、どこも廃業。今は、野菜畑や果物畑が目立つが、鉞男の家も、戦中、戦後を通して養蚕業を営み、どの部屋も蚕だらけだったという。

「孫と話をしても標準語を話せんから通じやせんのよ。わかるかの？」

「時代も考え方も全然違うから、深く考えると書けんようになるよ」

戦闘服姿の千代司と岩井伍長の遺影がかかった仏間で、鉞男はこう前置きしてから、岐阜弁で古い記憶を語り始めた。

「兄貴が特攻隊になったことは家族だれも知らんかった。公報もこんうちに新聞で知った。親父《おやじ》は予感はしとったんやけど、（出撃したことは）全然知らんかった。親父は落胆ちゅうより、『サダが行っちまった』と繰り返すだけで……。寝耳に水で、親父は大きい兄貴（千代司）が死んだことでサダをあてにしていたんじゃ」

鉞男は、岩井伍長の遺品や遺書、絶筆、それに軍隊手帳などを〝家宝〟として保管している。残された家族が味わった悲しみを、自分の子どもや孫たちに伝えて行くためだ。ただ、六十年もの月日が流れており、岩井伍長の詳しい経歴については記憶がはっきりしない。

岩井伍長は大正十四年六月十五日生まれ。昭和十三年三月二十七日に岐阜県加茂郡上米田村尋常小を、同十五年三月二十七日に上米田村尋常高等小学校高等科を卒業した後、その年の四月に名古屋陸軍造兵廠《ぞうへいしょう》技能養成所に入所している。鉞男が見せてくれた遺品のノートには、授業の内容が小さな字でびっしりと書き込まれている。岩井伍長の几帳面《きちょうめん》な人柄がうかがわれる。

「九人送ったんやが（九人受けたが）、兄貴一人受かっただけや。よう勉強しとったから。兄貴は飛行機乗りになりたくて、一生懸命勉強をしたんだが」

大空を飛びたい。岩井伍長にとって、飛行機乗りになることが大きな夢であり、そのために少年飛行兵を目指したのだ。

鉞男にとって岩井伍長は自慢の兄だ。

遺品となった軍隊手帳によると、岩井伍長は同十七年十月、十七歳で埼玉県熊谷市にあった東京陸軍航空学校（同十八年四月一日に東京陸軍少年飛行兵学校と改称）に入校。教育隊第十二中隊で基本教育を受けた後、十八年九月二十四日に卒業。翌二十五日に第十五期生として熊谷陸軍飛行学校に入校し、第五中隊に配属になり、翌十九年四月一日、第十五期少年飛行兵に採用され、同年七月二十日、陸軍志願兵として満州第八〇〇部隊に配属となっている。

岩井伍長が少年飛行兵を志願した頃、戦局は悪化していた。昭和十七年秋からの連合軍の猛反撃に、陸海の航空部隊には最盛期の面影はなく、翌十八年、東條英機陸軍大臣は、全陸軍の総力を結集して航空戦力の増強を図るため画期的な拡充を指示。戦闘機の増産と併せて従来からの操縦者の教育にも大きな変革が加えられた。

少年飛行兵のための教育施設は、岩井伍長が入校していた東京陸軍航空学校に加え、十七年には大津《おおつ》に、そして十八年には大分にも新設され、年間八千人の少年飛行兵の誕生を目指した。少年飛行兵たちは、各少年飛行兵学校で、軍人としての基礎教育を一年間受けた後、熊谷陸軍飛行学校などで一年間の地上での準備教育、さらに一年間の基本操縦、その後各教育飛行連隊で各分科戦技教育四ヶ月、隊付教育二ヶ月を経て伍長に任官していた。入校して三年半で新しい操縦者が生まれる仕組みだった。それが、操縦者の速成教育で、基本操縦四ヶ月、基本戦技教育四ヶ月、練成教育四ヶ月に短縮。岩井伍長のように一年足らずで伍長に任官し、前線に配属になった。少年飛行兵採用の年齢制限は十四歳以上十七歳未満。岩井伍長のように昭和十七年十月に入隊した第十五期生は特攻突入した最後のクラスだった。

岩井伍長は、東京陸軍少年飛行兵学校を卒業した後、休暇を取り、一時帰宅している。

当時の最寄《もより》駅は国鉄高山線の中川辺駅。高山線は、岐阜と富山の間を結んでいたが、沿線には爆撃機の製造工場があったため、列車はいつも従業員たちで混雑していた。駅から自宅までは約四キロ。途中、飛騨川にかかる木の橋を渡り、岩井伍長は歩いて帰ってきた。

岩井伍長の軍隊手帳をみながら、鉞男はその日のことを思い出したのか、目に涙をにじませながら話し始めた。

「操縦士になれたと言って帰ってきたんや。ところが、一晩泊ってから翌日、帰隊の時間がせまっている時に、土間から仏間の仏壇をジーッと見て、去りがてえちゅう顔で、じーっと……。あとから思ったんやけど、国のためにやるちゅうことだけは自分で決めておったな。国に報いんような奴はクソダワケやという軍人勅諭が浸透しとったんや」

軍人勅諭は、正式には「陸海軍軍人に賜わりたる勅諭」という。明治十五年に下賜され、これを中心に軍人としての精神教育が行われるようになった。「わが国の軍隊は世々天皇の統率し給う所にぞある」で始まり、「兵馬の大権は朕が統《す》ぶる所なれば（中略）肯《あえ》て臣下に委《ゆだ》ぬべきものにあらず（中略）天子は文武の大権を掌握す」と天皇が日本軍の唯一の最高統率者であることを明白にし、その上で、忠節、信義、武勇、礼儀と、軍人が守るべき徳目が述べられている。音読すると十五分もかかるため、日常、兵士たちは、

一　軍人は忠節を尽くすを本分とすべし
一　軍人は礼儀を正しくすべし
一　軍人は武勇を尚《たっと》ぶべし
一　軍人は信義を重んずべし
一　軍人は質素を旨とすべし

と、五徳目の冒頭に述べられている五ヶ条を唱えていた。この勅諭を暗記し、一字一句間違わないで書けることが求められていたのだ。
この少年飛行兵学校の教育が浸透していたのか、東京陸軍少年飛行兵学校を卒業した時のメモが残されている。

人生
反省なくして　進歩なく
努力なくして　結実なし
不断の反省が不滅の聖者を生み
不断の努力が不朽の美果を生む

学ぶんじゃない　識るんじゃない
生るんだ　生かすんだ
泣くんじゃない　悲しむんじゃない
喜ぶんだ　喜ばすんだ
反省し更に反省し
努力し尚《なお》努力し
常に努めてやまず　之《これ》ぞ人生

一泊した岩井伍長は翌日、中川辺駅まで送ろうと言う家族の申し出を断り、一人で帰って行った。そして、この日が家族と顔を合わせた最後になった。

「もう（家に）帰るつもりはなかったんやな」

鉞男は涙をぬぐおうともせず、二通の手紙を取り出した。長兄の千代司が戦死した直後、東京陸軍少年飛行兵学校に通う岩井伍長が両親と親戚《しんせき》に出した手紙だ。

両親に宛てた手紙は、

兄戦死の報　今日あるを覚悟致して居りました。
御両親様を始め家内一同　皆　覚悟の上だった事と存じます。何も悲まないで下さい。

兄は立派な国家の干城として戦死なされた事と思います。

で始まり、大きな字で、

名誉の戦死であります

と書かれた後、こう綴《つづ》られている。


日本国中には今日迄《まで》に相当に数多く戦死されて居られます。皆　同じ様な境遇であります。昨夜な同区隊の戦友で自分と同じ報を受けた者も居ります。何事も運命であります。無暗《むやみ》に悲しんでも仕方がありません。自分も一時は泣きました。泣いてもどうする事も出来ません。それよりも冥福《めいふく》を祈って遺骨の帰るのを待って居る事であります。殊に生の親たる母上様におかれては落胆の程一入《ひとしお》と御察し致します。

而《しか》し軍国日本の母たる事を自覚して気をしっかり持って下さい。

茲《ここ》しばらく出入者もあり又養蚕等にて多忙な事と存じますが、誉の家として今迄より以上に何等《なんら》変る事なく精々と御暮しの程御願い致します。一人死ねば日本の戦闘力はそれだけ減退した事になります。

大東亜戦争最中　戦はまだこれからであります。

日本はそれだけ負けた事になります。

高射砲がやられる位では相当な激戦が繰返されたのです。国家挙げての総力戦撃ちてし止まぬの精神で米英を撃滅しなければなりません。

高射砲で敵が負けないならば飛行機でやります。兄上の仇が必ずこの自分が引受けます。

兄も相当に戦地に行くのを喜んで居りました。屹度《きっと》本望だった事でしょう。

遺骨は何時《いつ》帰るか解りませんが当時になって慌てる事なく今より整理しておく必要があります。何れ《いず》又遺骨の還る様な事があれば　又外泊もある事と存じます。

何事も運命と諦《あきら》めて何時迄も惜しむことなく戦の国日本を自覚して気をしっかり持って下さい。

自分も必ず兄の仇を取るべく

一生懸命頑張ります。

暑くなります故

十分に体に注意して下さい

遠々武蔵野《むさしの》より
兄上様の冥福を祈ると共に
皆々様の御健康を御祈り致します。
五月二十日
岩井定好
御両親様
皆々様

一方、父、伴一の弟、長瀬形郎《かたろう》に届いた手紙にはこうあった。


兄上戦死致したそうであります。

叔父《おじ》様にはいろいろとお騒ぎ致させて誠にすみませんでした。申訳ありません。

屹度々々必ず兄上の事でもありましたから立派な戦死だった事と信じます。

何事も運命であります　前々より国家に捧《ささ》げた身でありました。

今日あるを覚悟致して居りました。

皆　落胆致して居ります事でしょう。殊に母上など遠々はなれている故どうすることも出来ません。すぐに静まることと存じます。又これからいろいろと忙しく御厄介に相成る事も多いことと存じますが　何分宜《よろし》敷く　御願い致します。

父母様に気をしっかり持つ様に云うて下さい。この便りのつく頃は自分も第一関門たる試験と戦っている頃でしょう。大東亜戦の途中何とも仕方ありません。国家の為であります。

君の為　何か惜しまむ　若桜
散りて甲斐《かい》ある命なりせば

数多く戦死されて居り　遺族もあります。皆同じ運命であり同じ悲しみです。余り取乱さぬ様にくれぐれもしっかり気を持つ様に慰めてやって下さい。いろいろと忙しくなります故　御迷惑　御厄介に相成る事と存じますが　何分宜しく御願します。

取急ぎ乱筆乱文御許し下さい。

岩井定好

先ずは御願いまで
五月二十日

叔父様

岩井伍長は、東京陸軍少年飛行兵学校の卒業を控えたこの年の九月には、姉に次の手紙を出している。

秋もだんだんと深入り　田には黄金の穂波打って居ります。其の後も相変らず元気にて御暮しの事と存じます。降って私事も元気にて二十四日卒業の運びとなりました。（中略）

家が百姓を少々される由　余り無理をされない程度に御相談あって、又鉞男は卒業しても他家に出さぬ様にして家に置いて下さい。若しも志願するかも解らないがどこも志願させぬ様に視願います。

一向《ひたすら》農業を手伝わせて下さいます様

多分軽爆撃機の操縦の方へ行く事でしょうから、操縦の方故、何時事故が起らぬとも限りません。家の相続は屹度出来ぬと自分は思って居ります故、こういうことは両親に云わないで下さい。心配される故、兎《と》に角《かく》、鉞男を手元より離さぬ様にして下さい。何分にも家に近い故、暇ある毎に帰って慰めたり手伝ってやって下さいます様、重ね重ね御願い致します。

この三通の手紙からは、長男が戦死したことで落胆する両親を思いやる〝次男〟の気持ちと、日本男児として国家と家族のために戦うのだという決意と覚悟、それに家の行く末を案じ四男の鉞男にすべてを託す、という気持ちが真っ直ぐに伝わる。

当時、岩井伍長は十七、八歳。今でいえば高校二、三年生だ。当時の十七歳が、国家をどうとらえていたのか、そして、家族の中での自分の立場をどう認識していたのか。単純に今の同世代と比較することはできないが、当時の十七歳がいかに精神的に独立していたか――。

十九歳で散華

昭和十九年七月二十日、満州第八〇〇部隊に配属された直後なのだろう。飛行記録の用紙の裏に、

定好もどうやら基本操縦を終えて新しき我が任地に向いました（中略）御承知の如く現戦下の状態は一刻も油断出来ません。我が皇国民全員体当りや玉砕の覚悟であります。近所にて満州に来て居る方々の御住所を御報《しら》せ願います。さようなら

と書かれた手紙が両親に届いている。特攻攻撃も辞さないという強い覚悟の程が読み取れる。その後の岩井伍長の動向ははっきりしないが、岩井伍長が所属した第一〇三振武隊が満州で結成されていることから、岩井伍長はこの満州で、ひたすら特攻攻撃のための訓練を受けていたと思われる。

当時、特攻隊員の特別訓練は、重装備による薄暮、払暁の離着陸、空中集合などに十日間、攻撃訓練に十日間、海上航法などに六日間という基準があり、この間に任務完遂のための精神力と、目標に必達する機眼の養成に時間がさかれた。特攻隊員に配られた『と号空中勤務必携』には、特攻攻撃に関する心得が記されている。

「と号」とは特攻作戦のことである。その一部を引用しながら読んでみたい。

「航進間敵機と遭遇した」場合は、「目的は決まって居る　相手にするな」「而《しか》し戦闘が起きたら掩護《えんご》部隊とと号は分離することが多い　而し直掩は飽くまでと号部隊と離れないようにする　が——」「遂《つい》に離れたら　と号部隊指揮官は歯を喰いしばって断然征《ゆ》け」。

「中途から還らねばならぬ時」は、「天候が悪くて自信がないか、目標が発見出来ない時等」とし、「落胆するな」「犬死してはならぬ小さな感情は捨てろ」「国体の護持をどうする」「部隊長の訓示を思い出せ」「明朗に潔よく還って来い」とある。

また、「衝突直前」は、「速度は最大限だ　飛行機は浮く　だが　浮かれては駄目だ」「力一ぱい　押えろ　押えろ　人生二十五年　最後の力だ　神力を出せ」、「衝突の瞬間」は、「頑ん張れ神を英霊を照覧し給《たも》うぞ」で始まり、「目など『つむ』って　目標に逃げられてはならぬ」と厳命している。

目を開けたまま突入するには、恐怖を克服する絶大な精神力が求められた。特攻訓練では、心身ともに徹底的に教育されたのだ。『と号空中勤務必携』には、さらに、生き残った特攻隊員の経験談なのだろうか、「眼は開けたままだ　眼を開けたまま『ぶつ』かった男もある　彼れは其の楽しさを語る」で始まる項目がある。

そこには、

「急に急に感じた今迄《いままで》の速度の何万倍かの速さのように。丁度映画で遠望から急に大写になる時被写体が目に飛び込んで来るあの感じと同じだった」

「良くわからんが目標が三　米《メートル》か二米位らい前だったろう　銃口の大さも兵の大きさも『はっきり』した　それと同時だったろう　衝突面に浮上《うきあが》ったのは」

「母の顔　泣いても笑っても居ない何時もの平凡な顔だった」

「母でない女の人の顔　母の顔の後から半分見えたようでもあり　二重になっているようでもあり兎に角母の顔に比べて影が淡しかったので誰かは『はっきり』しない」

と記されている。

昭和二十年四月に入ると、第一章の伍井芳夫大尉率いる第二三振武隊にはじまり、連合軍の沖縄上陸を阻止するため、激しい特攻作戦が展開された。四月一日から五日までに体当たり攻撃した陸軍特攻は五十四機、海軍では十二人の特攻隊員が沖縄本島南方洋上の敵艦に体当たり攻撃を敢行した。米海軍作戦年誌はこの間の特攻攻撃による損害を、高速輸送船一隻沈没、戦艦一隻、護衛空母一隻、輸送船八隻、高速掃海艇一隻損傷と記している。

しかし、激しい特攻攻撃にもかかわらず、連合軍の沖縄上陸は進捗《しんちょく》していた。制空権は連合軍にほぼ抑えられており、もし、連合軍に沖縄の飛行場の使用を許せば……。

こうした焦燥感は陸海軍航空全力による総攻撃を決断させた。第一次総攻撃の日を四月六日とし、特攻攻撃の成果を利用して、戦艦「大和《やまと》」以下連合艦隊が連合軍の上陸海岸に殴り込みをかけ、連合軍を東シナ海に追いやる作戦だった。総攻撃は六日から九日までの四日間続き、六、七の二日間で、陸軍は百四十二人（百十七機）が、海軍は三百三十八人（百九十五機）が特攻出撃した。陸軍はさらに八、九日も特攻攻撃を継続、十四人が出撃したが、戦艦大和が、六日午後、九州南西洋上で約三百機の集中攻撃を受けて撃沈されたこともあり、航空総攻撃は不調に終わった。

陸海軍の航空総攻撃はその後、第十一次まで続くことになるが、満州で特攻訓練を受けていた岩井伍長らは、まさにこの総攻撃要員だったのだ。

岩井伍長は三月二十日、満州で、特攻出撃の命令を受けた後、九州に入り、第二次総攻撃が行われた四月十二日、九九式襲撃機で、同僚十一人と知覧から出撃した。

しかし、岩井伍長機だけがエンジントラブルを起こし、一人帰還。翌十三日午後一時十分、大内清中尉が率いる第一〇七振武隊と一緒に再度出撃し、突入した。

岩井伍長が搭乗した九九式襲撃機は、昭和十四年に作られた複座（二人乗り）の単発爆撃機で、二百キロの爆弾を搭載できた。操縦がしやすく急降下爆撃や超低空攻撃に適したが、離陸後、脚を収納しない固定式で、最高速度が時速四百二十五キロと遅く、しかも、大東亜戦争末期には老朽化が激しくエンジン故障などが絶えなかったのだ。

知覧を出撃した岩井伍長機は一路沖縄へ。二百五十キロ爆弾を装備した上、敵機の視界から逃れるため、高度百メートル以下と海面をはうように航行を続ける。無線装置はない。狭い操縦席で一人、舵棒《かじぼう》を踏み、操縦桿《かん》を握る。うっかり高度を落とすと海面に激突する。しかも、敵襲にも注意を怠れない。

敵艦船を発見すると、一転して急上昇。四、五百メートル上昇すると今度は反転して敵艦船に狙いをつけ、「・・・―・・」（ワレトツニュウス）と無電でモールス信号を発信すると同時に突入を開始する。海面を目指してまっさかさまに急降下。高度計の針がくるくる廻る。身体には想像以上の重圧がかかり、息がつまる。眼球が飛び出しそうになる。それでも歯をくいしばり、噴き上げる砲火の中、操縦桿を支える。

飛行士になるのが夢だった十九歳の岩井伍長は、どんな思いで、気力を奮い立たせ操縦桿を握ったのだろうか。

「戦後、いろんな人から話を聞いとると、四月五日に京城から日本に入ったようだ。ほかの部隊は知覧に一週間ほどおったもんやけど、兄貴の部隊はトントントンと行っちゃっとる。だから、知覧での集合写真も撮っとらん」

鉞男は「兄貴がかわいそうで、かわいそうで……」を繰り返しながら話を進めた。

父と母の思い

岩井伍長の特攻攻撃が新聞で報じられた数日後、伴一に一枚の葉書が届いた。差出人は岩井伍長。

最後の音信
元気で行きます
御両親様も御体を大切に
皆様によろしく
さようやら

出撃前の四月六日、佐賀県内の目達原《めたばる》基地で書いた最後の手紙だった。

そして、四月十六日、遺品の入った段ボール箱が届いた。中には軍服と純毛製のセーター、飛行時計、鉢巻、陸軍の星のマークがついた腕時計……と、岩井伍長の生活がしのばれるものばかり。軍服のポケットの中には「散る桜　残る桜も　散る桜」とかかれた辞世の句を忍ばせてあった。

さらに、一通の遺書が入っていた。

取急ぎ
御両親様　兄上様　姉弟達の
写真及親類の方々の御写真
も皆　胸に収めて米鬼撃滅
に出撃します
兄上様の仇《かたき》をとります。
第二降魔隊
岩井伍長
久留米基地にて

「親父の落胆ぶりは尋常じゃなかった。大きい兄貴は期待の星やった。それでもって小さい兄貴も。親父は急に老けてオジイになった」

長男を戦争で失い、夢を託した次男が特攻出撃して戦死。長男の遺骨は、戦地から戦友が運ぶ途中、船が撃沈され、伴一の手元には届かなかった。それでも、戦死した時の様子は、戦友から聞くことができた。しかし、次男の最期の様子については全く情報がなかった。どこから、どういうふうに出撃をして、どこで突撃したのか？　何か言い残したことはないのか……。伴一は、岩井伍長の最期について何の情報もないばかりか、戦死の確認さえもできず、息子の最期を見届けられなかった無念さと悲しさが入り混じった日々を送っていた。

そんな時、六女の八重子（当時十二歳）に思いがけない手紙が届く。差出人は、鹿児島県知覧町の知覧高等女学校三年生の中野（現・浜崎）美枝子。岩井伍長は出撃前、美枝子に妹の八重子のことを話していたのだ。美枝子の手紙にはこう書かれていた。

はじめてお便り致します。私は八重子様のお兄様、岩井定好伍長殿の最後の基地××出発の際、奉仕にまいっておりました××高女の中野ミヱ子です。
岩井伍長殿の出撃の日まで五、六日お世話を申しあげました。岩井伍長殿は無口でしずかなお方で、私たちにも朗らかにやさしく接してくださいました。出撃される前の夕がた、故郷のお友達の方へ最後のお便りを書かれてそれを私に出してほしいとお頼みになりました。この××基地からの手紙は禁止されていますので、君のお家の住所と姓を借りるといってお書きになったのを、私が投かんいたしました。

岩井伍長殿のこの最後のお便りが八重子様のところへ着いたころは、みごとに敵艦を轟沈《ごうちん》させて、安らかなお眠りになっていらっしゃるころです。

出発は四月十三日、十三時十分。岩井伍長殿は雄々しく発って行かれました。

知覧高等女学校の二年生だった美枝子たちは、昭和二十年三月二十七日、学校の命令で勤労動員され、全国から知覧に集結した特攻隊員たちの身の回りの世話をすることになった。通称「なでしこ部隊」。十三歳から十五歳の女子生徒約百人が十人ほどの班に分かれて、出撃を控えた特攻隊員らの食事の用意や洗濯、衣類のつくろいなどを受け持った。この中で美枝子は第一〇三振武隊を担当し、岩井伍長の最期を見送った一人だったのだ。

手紙を受け取った伴一は、五月三日付けで、美枝子に礼状を出している。

「親父《おやじ》はとにかく、やるせにゃあなって書いたんやな。それを向こうの人がとっといてくれたんや」

鉞男はこう言いながらその手紙を見せてくれた。

拝復　只今《ただいま》は御親切なる御手紙を頂きまして有りがとう御座います。厚く御礼申上ます。私は八重子の父です。御両親様始め、御前様には益々《ますます》御勇健にて決戦下増強また御勉学に御奮闘し事と存じ上ます。

御手紙にて承れば、此度《このたび》愚子、岩井定好事が一方ならぬ御世話様になりました事と存じます。厚く厚く御礼申上ます。御両親様へも宜敷御伝え下さい。

実は出来るなら御宅迄御邪魔致し、何かと御尋ね致したい思いで居ります。岩井定好本人よりは、最後の通信、元気で行きます、とのみあるばかりにて吃驚《びっく》り致し居る処へ、十六日には遺品が届いた様な次第にて、確に十一日の第二次総攻撃にて、海に散った事と存じますが、一目なりと面会が出来たらと、残念に思うて居ります。只今、私方では、御前様を定好の様に思うて居ります。何か細い話でも致しませんでしたでしょうか。

実は、長男千代司が一昨年三月五日に南方コロンバンガラ島にて（陸軍高射砲兵曹長）戦死致し、又、今回次男定好が沖縄にて散り、重ね重ねにて涙の日送りであります。昨年七月二十七日に兄の村葬がすんだばかりであります。

定好がどんな元気で、出撃に向いましたそんな事が今になり案じられて居ります。大勢一緒でありましたか。もう二度と会えないかと思うと、又しても熱い涙が流れます。写真の御話がありましたが、一度整理致して後日御送り致しますから、御待ち下さいませ。

御両親様へよろしく御願い申上ます。

先は御礼　旁《かたがた》　御願い迄。

五月三日

岩井伴一

中野美枝子様御許《もと》江

伴一の無念さがにじむこの達筆な毛筆書きの礼状には、裏に追伸があった。

美枝子さん、御手紙をなんどくりかえして読みましても、あきらめがつきません。然《しか》し貴女《あなた》様方の御優さしい御心づくしの桜花、山吹、又お人形迄、御手紙を喜んで拝見致し夢の様思うて居ります。私も諦《あきら》めても見たり、泣いても見たり無茶苦茶の日送りです。

昨年長男戦死に際して

国の為め散りし我子にはげまされ

老ひて再び土にいそしむ

又次男戦死に

咲く花も時までまてぬ若さくら
　けふの嵐にあふぞかなしき
大君にささげし我子みなちるも
　いくさ勝つとはなんのおしまん
中野さん御笑い下さい

悲しみに流されないようにと精一杯自分を励ます伴一だが、それでも、自分の気持ちを整理できなかったのだろう。二人の子どもを奪われた悔しさ、国のためと戦争に送り出したものの、あきらめきれない親の気持ち、そしてその悲しみをだれにぶつければいいのか、だれを恨めばいいのか、暗闇の中でもがき苦しむ心が表れている。伴一は、岩井伍長の死を最後まで納得できなかったのである。

美枝子は岩井伍長が出撃した一ヶ月後の五月十三日、伴一に岩井伍長の最期の様子を知らせている。伴一の強い希望に応《こた》えたものだ。

一度は出撃したが、エンジンの故障で引き返した直後の岩井伍長の様子を、手紙は、

岩井さんは、おとなしくて余り私達とは話して居ませんでしたが。一度たって

途中まで行って、飛行機のこしょうで帰ってこられまして兵舎に帰って泣いて居たので、私達は、岩井さん、もうしかたがないから泣かないようにして下さい。たった一日隊長さんにおくれるだけで、隊長さん達に負けないようにして下さいませと何度いっても、ああがっかりしたがっかりしたと言うばかり、私達はかわいそうに特攻隊に行く兵隊さんが泣いて行かれるのはかわいそうだと言って泣いて居ますと、もうよい、あなた達がなかなくてもよい、おれが隊長に負けないようにやって見せる、しかし神様になったあの人達が笑って居るでしょうと言ってやはり思って居ました。私達がいくら慰ぐさめてやっても、たった一人残されたのが残念でたまらない、今まで今の今まで遊んだ人と一しょに命をお国に奉ったら思う事はないのだったと言って居ましたので、岩井さん、しかたのない事ですからもう何でも歌ったりして遊びましょうと言って、ノートを出して、何んでも書いて下さいとたのみましたら、すぐ思い事のある中にすぐ書いて下さいました。なんと情深い方でございましたでしょう。

おれはお父母上様を見たいが、又合ったら母がなげいて、一週間ぐらい眠らないとかわいそうだから、もう合わない方がよい、自分は見たら死ぬだけだからよいが、後で思う人がかわいそうよ、死ぬまでに一目でもぱっと妹を見て、死にたいとは言って居ました。一人残されたのが大へんかなしくて、眼には涙が光っていました。私などが何時までも何時までも帰らないので、兵隊さん達が来まして、早く帰りなさい暗くなるからと言って下さいましても、私達は岩井さんがかわいそうで何時までも何時までもいましたら、まっ暗になってしまいました。もうかえりますから、岩井さん心ぱいしないでぐっすりやすみなさい。先に行った人達は、靖国《やすくに》で岩井がいないといって、心配してかわいそうにと言って笑ってお待して、よい所を見つけて下さってあるでしょうと言って別れました。岩井さん、家に行きましょうと進ましたけれども、いかないと言いましたので、私達は帰りました。

と伝え、翌日朝、再び出発する直前の様子を、

あす早くいって見ますと、おれは隊長さんが帰って、おれがあすつれて行くからといって帰ってこられたが眼がさめて見たら居なかったと言って居られました。私達はこんなにまで思って、泣いて居たのかと思いまして、涙が出ずにはおられませんでした。出撃の日に、自動車が居なくて、飛行場に行く時、こんなに雨が降っておられたからお母さん達に電報でもらってやったら、もう面会して居られたのにねと言いました。けれども会ったら又、お母さんが泣くよ、

かわいそうじゃないかと言って居られました。自動車が来て乗って行く時は、ほんとに私達をよく見る事は出来ずただ敬礼をして別れて行きました。見えなくなるまで、飛行機の所につくまで、はんかちをふって別れ、飛行機で出る時まで、みおくってやりました。

残されし一人の友、あすは一人で征《ゆ》く独力の体当り

此子様の武心乗せて残られし友あわれな友

と後にただこれだけ書いて別れました。ここの飛行場は一人で行かれましたので、私達は行くのなら一しょ、生るのなら一しょに行けたらよかったのにといって、かわいそうでした。

御健斗《ごけんとう》　残りし友

と書いて、妹の名をかいて、もう一度でも見たいなと思いがけない言葉を出しました。こうして、残念ながら出て行った事を、今になってもかわいそうでかわいそうでたまらなくなって、ぼうしのお人形さんや、椿をおもって、あんな顔のやさしい人であったと言って思い浮ばして居ます。岩井さん、今ではかわいいお顔をなさって、お笑いして、隊長さんと話して居るでありましょう。お父様、この岩井さん生きておられましたら、どんな御えらいお方になって下さるで御座いましたでしょうね、残念ながらもう桜花の如く散って行かれまし

た事を喜ばねばなりませんね、行かれないと、またあんな苦しみをして行きましたからね。

と綴《つづ》っている。

当時、高等女学校三年生の美枝子が、必死の思いで、岩井伍長の最期を伝えようとしている。伴一は、この美枝子からの手紙を読みながら、息子の最期の姿を追いかけていたのだろう。座敷に座り込み、涙を浮かべながら何度も手紙を読み返す伴一の姿が見えてくるようだ。

どの指も切れば痛い

伴一と美枝子のこうした手紙のやり取りは、その後も続き、美枝子と岩井家の家族ぐるみの文通が始まった。伴一にとって、美枝子からの手紙の中に、岩井伍長が生き続けていたのかもしれない。

岩井伍長の戦死は、最初、母親のよしゑには知らせていなかった。しかし、頻繁に届く美枝子からの手紙で、よしゑも知るところとなった。長男の千代司を戦争で亡くし、ようやくそのショックから立ち直りかけていたよしゑにとって、岩井伍長が特攻隊として出撃、戦死したという情報は、よしゑを完膚なきまでに叩《たた》きのめした。さらに深い悲しみの中に突き落とされたよしゑは、一気に衰弱してしまう。

六女の八重子は、当時十二歳。現在は結婚して東京・中野区で書道教室を開いているが、あの時代に生きたことが今もトラウマになっているという。二人の兄がどんなに生きたかったかを考えると、兄たちが残りの人生を自分にくれると言っているのだと思えた。兄たちの戦死は、八重子のその後の生きかたに大きな影響を与えた。

「あれからずっと、兄たちに生かされている、という気持ちです」

平成十六年で七十一歳になった八重子はこう言うと、遠い昔の記憶の糸を一本一本たぐりよせるようにゆっくりと話し始めた。

「中野さんからの手紙を読んだ時の母の顔は今でも覚えています。布団をかぶって寝込んでしまいました。食事も全く口にせず、布団から起きて食事を摂《と》るようになったのは一週間ほどたってからだったと思います。それも、私が『お母さんが食事をしないなら私も食べない』と強く言ったからです。この一週間で母の髪の毛はあっという間に真っ白になってしまいました」

よしゑは息子の死を受け入れることができなかった。

ある夜、八重子はよしゑのつぶやく声で眼をさました。寝たふりをしながら耳をそばだてていると、よしゑは泣きながら「時計ばかりがコチコチと……」と軍歌を歌っていた。

またある夜に、八重子が布団の中でNHKのラジオ放送「足音」を聴いていると、隣からよしゑの嗚咽《おえつ》が聞こえてきた。よしゑも布団をかぶって同じ放送を聴いていたのだ。母の悲しみの深さを思うと、八重子は子ども心に声をかけることができなかった。

家にいる時、よしゑは風の音がする度に、帰ってきた息子を出迎えるように庭や玄関の方を見やった。また、畑仕事の最中に飛行機が上空を飛んでいくと、「サダが乗っとらんやろうね」とつぶやいた。人が何と言おうと、息子の死を信じることができなかったよしゑは、

「サダはどこかの島に不時着していて、いつか帰ってくる」

と信じていた。

そして、よしゑは八重子に、

「四人（戦争に）行って、四人帰って来る家もある。それなのにうちは二人行って二人とも取られてしまった」

「五本ある指はどれを切っても痛い。親にすれば（たとえ十一人の子どもがいたとしても）一人でも亡くせば悲しいのだ」

と、繰り返し話すのだった。いつもよしゑと一緒にいた八重子は、放心状態で

日々を送る母の姿を、今も忘れることができない。

近くの店に買い物に行く時も、決して表通りを歩かず、いつも裏通りを通ってい
た。表通りを歩いていて近所の人と出会った時、お悔やみを言われるのがつらかったからだ。

「相手はお悔やみを言えばそれで気持ちがすむけれど、私はその度に、定好のことを思い出してしまう。それがつらい」

よしゑはこう言って世間に背中を向け、人目を避けるように生活し続けて、昭和二十九年六月十三日、脳溢血《のういっけつ》で六十歳で亡くなった。

「これで、やっと、千代司や定好のところに逝ける」

最期によしゑが見せた表情は、岩井伍長が特攻攻撃で戦死したことを知らされて以来、初めて見せた穏やかな表情だった。

前述した伍井芳夫大尉の妻、園子は、小学校の教員になった後、教え子の男子生徒の中に戦死した夫と病気で亡くした息子の面影を見ていることがあったが、岩井伍長の両親にも同じ様な姿があった。

韓国から徴用されてきた若者が家の前を通ると、伴一は家から飛び出して行って、畑で採れたくだものを差し出した。故郷を離れて日本の工場建設現場で働く若者の中に、二人の息子の姿を重ねていたのだ。

定好が戦死した年は、人手不足とショックから岩井家の田植えが近所の家より遅れてしまった。すると韓国の若者たちが、田植えをしていない田んぼを見て、「おじさんの田んぼ？　だったらぼくらが手伝うよ」と、田植えを手伝ってくれたのである。伴一はそのお礼にと、彼らを家に呼んで酒や食事を振舞った。二人の息子が戦死して灯が消えたようになっていた岩井家に、久しぶりに笑い声が響く。忘れていた和やかな団らんのひとときだった。いつの間にか、酒に酔った若者の一人がアリランを歌い出すと、哀愁を帯びた歌に、みんな一緒になってぼろぼろと涙を流した。

戦後、この若者たちが日本を去る時、トラックの荷台から「おじさん、ありがとう」「おばさん、ありがとう」と手を振る姿を見て、よしゑは涙をためて見送ったという。

八重子は、当時の両親と自分の気持ちを続けた。

「実家の離れの二階は二人の兄たちの部屋でした。掃除しようとすると、父から『触るな。そのままにしておけ。帰ってくるかもしれない』とよく叱られました。母だけでなく、父も心のどこかに、兄たちは生きていていつか帰ってくる、という思いがあったのでしょう。長男の千代司は農業の勉強をしていて、庭に温室を作っていました。父は戦争が終われば、地元で農業の指導者として活躍してくれることを楽しみにしていたのです。定好兄には隣に新宅を建てて、兄弟仲よく……と夢をみていたのです。ところが、定好兄は親に内緒で、名古屋陸軍造兵廠《ぞうへいしょう》技能養成所を受験したのです。それを知った時、父も母も落ちることを願っていました。毎日悲しむ両親に私は、『兄さんたちは日本のために死んでいったのだから、泣かないで』と慰めの言葉をかけましたが、自分でも嘘《うそ》を言っていると思い、つらかったです」

当時、少年飛行兵を志願するには親の承諾が必要だったが、岩井伍長は内緒で受験していたのだ。伴一にとっても、よしゑにとっても、それが一番口惜しかったのかもしれない。

八重子は戦後六十年近く経った今でも、鮮明に覚えている母の顔がある。岩井伍長が特攻出撃した後届いた最後の葉書を読んだ時のことだ。

最後の音信
元気で行きます
御両親様も御体を大切に
皆様によろしく
さようなら

「この葉書を見た時、母は葉書を胸に抱きながら『なぜ、元気で行って来ますと書いてくれなかったのか』と、嘆きました。母親でなければ気が付かない言葉でした。それに『さようなら』と書くところを『さようやら』となっていました。母は、さすがの兄も動揺していたのかと思ったようで、身体を震わせていました」

新たな恐怖

岩井伍長が戦死して四ヶ月後、日本は敗戦を迎えた。この敗戦は、二人の息子を戦争で失った深い悲しみを、言いようのない怒りと恐怖に変えた。

伴一は戦後、岩井伍長の遺品のうち、「第二降魔《ごうま》隊」と墨で書かれた赤い鉢巻や写真などをほとんど焼却してしまう。鉞男は、握ったこぶしを震わせながら言葉をつないだ。

「親父《おやじ》は、『米軍が来る』『証拠書類になる』ちゅうて、遺品として送ってきた鉢巻やアルバムまで全部燃やしたんや。写真だけでもとっときゃよかったのにのお。特攻隊というのはひた隠しやったんや。いまやで、言うんやけども、ひた隠しや。親父としては切なかったやろ。結局、うちは二人（千代司と定好）でアメリカをいじめたちゅうことやな。そりゃ、親父はおびえたわ。人には言えんことやけど」

伴一は、二人の息子が連合軍に楯《たて》をついたこと、しかも、次男は特攻隊員だったことへの連合軍の報復を恐れ、遺品類のほとんどを処分してしまったというのだ。唯一残したのは純毛製のセーターだけで、それをぼろぼろになってもいつも身につけていた。

恐れなければならなかったのは、アメリカだけではなかった。なんと、息子《むすこ》が特攻隊員として出撃した岩井家に対する周囲の目が、敗戦で一転して厳しくなったのだ。

「戦時中は軍神と称えられたが、戦後、わしも復員した兵隊に『特攻隊に行くような者はクソダワケやけ』と言われたんや。クソダワケというのは一番馬鹿にした言葉やの。その時わしも、兄貴は犬死にやったんかな――って思った」

岩井伍長の戦死公報が届いたのは昭和二十年十一月十九日のこと。すでに戦争は終わっていた。葬儀は千代司の時のような村葬ではなく、自宅でひっそりと行われた。

岩井伍長の両親は、激変した周囲の目をかわしながら、息子を特攻攻撃で失った悲しみと戦っていたのだ。

八重子も、戦時中から戦後を通して、戦争と息子の死に対する伴一のすさまじい思いを目の当たりにしている。

「父はアメリカを憎んでいました。日本が負けた時、姉が大事にしていたフランス人形を、目が青くて着ている物も違うといって、投げて壊してしまった。二人の息子をアメリカに殺されたと思っていた父にすると、人形でさえも持っていることが許せなかったのだと思います。ただ、この強い気持ちの裏返しとして、定好兄が特攻隊だったことをＧＨＱに知られれば、自分たちは殺されるという気持ちになったのだと思います」

鉞男は、「兄貴の命の値段は五百七十八円九十五銭」と言いながら、赤茶けた一枚の明細書を取り出した。そこには、「故陸軍少尉　岩井定好殿　葬祭料六十七円五十銭、供物料百円、召集旅費七円六十銭、家族出頭費三円八十五銭」と記載され、一番下の空欄には「四百円」と書かれていて、合計五百七十八円九十五銭が支給されたことになっている。

しかし、この金が本当に支給されたのか、支給されたとして何に使われたのか、鉞男も知らない。二人の息子を失った身を切られるような悲しみと、冷ややかな周囲の目、そして連合軍に対する恐怖心。伴一とよしゑにとって、この五百七十八円九十五銭がどれほどの意味を持っていたかは想像できない。ただ、戦後六十年近くが経ち、貨幣価値が大きく変わったとはいえ、鉞男が口にした「兄貴の命の値段は……」の一言は余りにも痛烈でかつ空虚に響く。

心の拠り所

岩井伍長の両親、特に父親の伴一が手紙のやり取りを通して、心の拠《よ》り所にしていた中野美枝子を知覧に訪ねた。美枝子の実家は、特攻平和会館から車で数分の場所にある。戦時中は飛行場だった。

「なでしこ部隊」の一員だった美枝子は、今も自分が見送った特攻隊員の遺族と交流を続け、交わした手紙はすべて保管している。出撃して行った特攻隊員たちに頼まれて、彼らの最期を知らせた遺族からの礼状がほとんどだ。物資が乏しい時代のことだ。出納簿で封筒を作ったものもあれば、小さな手製の葉書もある。いずれも変色し、字が薄れて読みづらくなっているものも多い。美枝子はこれまでに何度も知覧町に寄贈しようと思ったが、その度に手放す決心がつかず、今も手元に置いているという。

「特攻隊の人たちはみんな、夜は歌を歌ったりして明るかったですよ。でも、正直言うと、みなさんとは、一日ぐらいの付き合いだったので、お顔はよく覚えていないのです。ただ、帰ってきた人はみんな悲しい顔をしていました。隊員からは、出撃前に、親に連絡をしてくれと頼まれたので、間を取り持ちました。でも、手紙は出撃してから投函《とうかん》しましたから、ご遺族がすべてを知るのは戦死してからでした」

「自分がお世話した隊員が出撃する時は見送りました。その時は、必ず家の桜の木から花がなくなるほど枝を折って届けました」

たくさんの遺族の中で、岩井伍長の遺族とは特に親しく、戦後六十年、手紙のやり取りを続けてきた。最初は父親の伴一と、伴一亡き後は鉞男と年賀状のやり取りをしている。これまでに、五月に行われる特攻平和会館の慰霊祭でも何度か顔を合わせてきた。

美枝子の記憶には、岩井伍長の最期が強く残っている。

「私たちが見送って十分も経《た》たないうちに戻ってきたのです。当時は、老朽機が多くエンジンの故障などが多かったのです。飛行機から降りてきた岩井さんは真っ青な顔で『残念だ。仲間と一緒に死にたかったのに』と言ったきり、三角兵舎にこもってしまいました。のぞくと、ベッドの上に座り込んで、なにやら思いつめた様子でした。翌日、再び、別の部隊と出撃して、今度は帰ってきませんでした。同じ死ぬなら、同じ部隊の人と一緒に行かせてあげたかったです。母と『死にに行くのに泣かんでもいいのに』と話したのを覚えています。岩井さんは『必ず体当たりします』と言っていました。私は出撃前に頼まれて、お父さんに手紙を書いたのです」

伴一は手紙の中で、美枝子にすがるようにつらい胸のうちを明かしていた。美枝子は、伴一が最後まで苦しみ、一人で耐えていることを感じ取っていた。

時が経ち、時代が変わり、特攻に対する考えが変化しても、伴一や鉞男にとって美枝子は、岩井伍長が生きていたという〝証人〟だった。そして、美枝子自身は、その時代を生き、岩井伍長の最期を見届けた〝生き証人〟だという意識を強く持っていた。それぞれ立場は違うが、両者とも痛ましい体験を背負ったまま戦後を生き抜いてきた戦友なのである。

伴一もよしゑも、岩井伍長が出撃した知覧を訪ねたことはない。知覧が遠いこともあったが、養蚕業は春、夏、秋の三期に分かれているうえ、この間に田植えや稲刈りをしなければならず、家を空けることができなかったからだ。

「親父も母親も知覧に行きたがったが、会いに行かせんかった。当時、知覧に行くのは大変で大騒動やで、そりゃ。貧乏でちょっと出かける余裕はなかったわ」

ただ、鉞男は昭和四十二年頃から、岩井伍長の戦友や岐阜県内に住む特攻隊の遺族を訪ねるようになり、この年、初めて知覧を訪ねている。

「そこで、初めて、兄貴のことや特攻隊のことが何にも顕彰されとらんと気付いた。兄貴の亡霊を追うちゅうとおかしいけれど、何十年経っても断ち切れんものがある。兄貴の生き方を顕彰せんと、兄貴がかわいそうで、かわいそうで……」

それ以降、両親の代わりに、毎年のように知覧を訪ね、他の遺族とも手紙のやり取りをし、美枝子とも連絡を取り合っている。

「時代も考え方も全然違うね。遺族の受け止め方も隔たりがある。でも、兄貴の生きた証と悲しみは伝えんといかん」

鉞男は今も、常に戦死した兄の影を背負って生きているのだ。

そして、八重子はよしゑの一言を大事に胸にしまっている。

「八重子、結婚して子どもが生まれたら、どんなことがあっても手放してはいけない」

伴一は戦争で失なった二人の息子にこう戒名をつけている。

「報国院忠道全司居士」（千代司）

「殉国院好道良心居士」（定好）

少年飛行兵

大東亜戦争末期の沖縄特攻作戦では、岩井定好伍長のような少年飛行兵が多数出撃し、南の海に散った。当時、日本は「国民皆兵」で徴兵制が敷かれていた。男子は満十九歳になると、必ず徴兵検査を受けなければいけなかったが、徴兵制の年齢に達していない少年を志願によって飛行兵として養成したのが海軍の予科練制度（飛行予科練習制度）であり、陸軍では少年飛行兵制度だった。海軍の予科練制度は昭和五年に、陸軍の少年飛行兵制度は昭和九年に始まり、終戦までに誕生した少年飛行兵の数は四万六千人に達した。

少年飛行兵の採用年齢は満十四歳から十七歳までで、国民学校高等科の卒業生が多かった。三年六ヶ月の教育、訓練を受けると伍長に任官したが、特攻戦死が多かった十五期を見ると、一年九ヶ月で教育を切り上げられ、十分な訓練をうけないまま特攻要員に廻されている。最年少は十七歳だった。

昭和十九年十月、フィリピンのマバラカット基地で神風特別攻撃隊の結成を決断、特攻作戦の口火を切った第一航空艦隊司令長官、大西瀧治郎中将の副官だった門司《もじ》親徳《ちかのり》は、

「特攻隊員は、見送られる時は、離陸するのに一生懸命でした。だから情けない顔をしている余裕はありませんでした」

と私のインタビューに答えたが、沖縄特攻作戦時は、旧式の特攻機が多く、操縦技術がまだまだ未熟な若鷲《わかわし》にとっては、二百五十キロ爆弾を装備した機体を離陸させることだけでも至難の業だったのだ。なんとか離陸できたとしても無事に沖縄洋上に到達できるか、到達したら敵艦に突入できるか……十分な経験を積んでいないために、次々に不安がつきまとっていたとしても不思議ではない。運良く敵機の襲撃をかわし、敵艦を発見すると、ついに突撃開始だ。敵の激しい対空砲火を潜り抜け、最後まで目を見開いて真っ直ぐに突っ込んで行くのである。

十五、十六、十七歳といぅと今の中学、高校生だ。こうしたまだあどけなさすら残る若鷲たちの特攻については、「志願」か「命令」か議論されることが多い。陸軍第六航空軍司令官だった菅原道大元中将は昭和四十四年、防衛研修所戦史室（現・防衛研究所戦史部）の求めに「特攻作戦の指揮に任じる軍司令官としての回想」という一文を残している。

特攻隊員の特攻志願の状況は、部隊の状態、時期、部隊長の性格等によって千差万別である。澎湃《ほうはい》たる志願殺到の初期においては、志願者数は中央部で企画した組織を満たすのに十分であって問題はなかったであろうが、時日の経過に従い志願が減少し、反面時局は要員の増加を要求したのではなかったか。ここに問題が生ずる余地があった。志願制を立て前とする中央部と、指示の部隊数を編成せねばならぬ部隊長の間に処する幕僚の言動など、各隊各様の状態を生じたであろう。志願者採用の方法も、全員に布告して、『志願者は、一歩前進』という方法もあれば、中隊長が一名ずつ呼んで確かめるのもある。関係者を一室に集め記名投票させるもの、志望のうえに更に熱望の欄を設ける等さまざまであったようである。いずれの場合も選衡に当たっては、家庭事情を十分に考慮するのは一般であった。この際、隊内に聞こえるように、また聞こえないように兵員の私語〝誰々は特攻を志願しないそうだ、臆病《おくびよう》な奴だ〟、〝某は特攻志願で張り切っている〟等々、内務班や廊下の立ち話しに囁《ささや》かれたであろう。このような有形無形の雰囲気の中で起居する関係者は少なからぬ圧迫を感じたことであろう。戦中、戦後を通じ、各種の出版物等によっても、当時の隊員の心情を察知し得られるであるが、私の記憶に残る次の二例を想起して当時を偲《しの》びたい。

学徒動員に属する某が、恩師である第一高等学校長安部能成氏との問答で、〝特攻志願したそうだが真に徹し切ったか〟との問に対し、〝まだ徹し切れない心境であります。それでも勇んで参ります〟と応《こた》えている。私はこれが一般であろうと考える。徹し切れないと正直に答えたところがよろしく、それでも征こう、征かねばならぬと決心するところに、環境の圧迫もさることながら、日本人に潜在する『楠公《なんこう》精神』が国家の危急意識に目覚めて躍動を始めたのであろうと考えるのである。

他は某伍長の手記である。少年飛行兵出身者である彼は一人息子であった。最初、志望しまいと決心していたのであるが中隊長の前に立つや、思わず〝志願します〟と答え〝しまった〟と思いながらも、志願を言い張って苦悩しながら自室に帰り、隣りの戦友も彼と同様志願し、遂には中隊全員が志願していたと知り、自分も志願していてよかったと安堵《あんど》する情景を叙している。問題を与えられたのち、各人各個に苦慮深沈の状、中隊長の前に立つと、心ならずも反射的に反対の表現をなし、これを言い張る心理作用、軍隊生活を経験した私にはよく解る。伍長には『楠公精神』の要素が顕著に動いたと見るのは当たらぬかもしれぬが、『お国のため』という潜在意識が至上命令として作動したことは察せられるのである。

菅原元中将は、沖縄特攻作戦を指揮しながら、戦後、生き長らえたとして一部から反感を買った人物である。従って、彼の見解には異論を唱える遺族もいるかもしれないが、これは指揮官として正直に感じた一つの側面であろう。

「志願」か「命令」か。戦後六十年が過ぎ、いまさら、それを詮索《せんさく》すること自体、理解できない。ましてや「犬死にだった」という声については、言語道断である。平和な時代であれば前途有望な若者たちばかりである。その一人、岩井伍長の場合、国家のため、家族のためにと特攻を敢行したものの、その一方では、家族の将来を案じ、弟には志願をするなと言い残している。割り切れない複雑な気持ちを抱えて出撃して行ったのだ。

岩井伍長は、東京陸軍少年飛行兵学校の卒業を控えた昭和十八年九月、実姉に寄せた手紙の中で、

どうせこんなことなら、もっと遊んで来るんだったけれどと、今更思い込んで居ります。が何しろ国家のため大君のため何事も止むを得ないと諦《あきら》めて居ります。

と書き綴《つづ》っている。

特攻隊員としての強い信念を見せながら、少年らしい顔をのぞかせている。彼は、自分の望みと夢を捨て、国家と家族のために特攻攻撃を敢行したのである。

そして一方、岩井伍長の両親のように、息子は国家のために散ったと誇りに思いながらも、手塩にかけて育てた子どもを失った親の心の傷は生涯消えるものではない。

さまざまな思いを胸に秘め、出撃して行った少年飛行兵と、彼らを見送った肉親。その思いは、幾年、歳月が経《た》とうとも決して消え去ることはない。そして我々にはその思いを決して風化させてはいけない使命があることを感じる。

第三章　君ありて我れ幸せなりし——婚約者

大和なでしこの六十年

「戦後六十年といっても、私にとっては、そんなに時間が経っていないのです。月日の経過も感じられないし、時間は止まったまま。私はただ、おばあちゃんになっただけで、〝あの時〟から成長していないんです。戦死したあの人のことが頭を離れないし、この六十年間、何をしてきたのかわからないのです」

髪を明るい茶色に染め、大和なでしこらしい品を漂わせて八十三歳の小栗楓《おぐりかえで》はこう話すと、和室に飾ってある九七式陸軍戦闘機に乗る一人の特攻隊員の写真に目をやった。写真の特攻隊員は、第一〇五振武隊の隊長として昭和二十年四月二十二日、知覧から特攻出撃し、沖縄周辺洋上で戦死した林義則少尉。楓は林少尉の婚約者だった。その横にもう一枚、少尉が子犬を抱いた写真も飾られている。新京（満州国の首都で、現在の長春）で撮影されたもので、基地に迷い込んできた犬を林少尉が「コロ」と名付け、出撃までの間、可愛《かわい》がっていたという。

楓は言う。

「時代が変わって、特攻隊と口にするのも気が引けます。だれも関心を持ってくれないし。夫を亡くした未亡人の方は、仏壇の前で声を出して話をすると言いますが、私の場合は一緒に暮らして話をするということがなかったので、仏壇の前や写真の前で話をすることはありません。でも、戦後は、あの人のことだけを思って生きてきました。いつも最後に見たあの人の後ろ姿が頭に残っていて、気持ちの中では四六時中、一緒です」

楓は、岐阜県可児《かに》郡上之郷《かみのごう》村（現・御嵩《みたけ》町）で生まれた。四男六女の十人兄弟姉妹の九番目。戦後、一度結婚するが、昭和三十四年に離婚。昭和五十年頃までは、東京に住む長兄の世話になりしばらく同居する。歳の離れた長兄は、楓にとっては父親のような存在でわがままも言えた。兄の定年後は、マンションで独り暮らしをしていたが、故郷の自然が懐かしく、どうしても帰りたくなり、その後は生まれ育った御嵩町に一人で暮らしている。

「再婚の意思は全くありませんでした。あの人のことを思う気持ちで一杯で、あの人のことを考えるだけで幸せでした。だから、一人でいた方があの人のことを考えていられるのでいいと思っていました」

年齢のためか、少し背中が丸くなっている。正座すると一層小さくなる小柄な身体の前で手を組み、指をもじもじさせながら林少尉への思いを話す楓の姿を見ているうちに、その心の中で林少尉は今でも生き続け、本人が言うように戦後六十年を一緒に生きてきたのだと思えてくる。まるで隣に林少尉がいて、楓に微笑《ほほえ》みかけているような気さえした。

御嵩町に戻ってからは、近所の子どもたちに書道を教えていたが、現在では習字を習う子どもが少なくなったため、大人に書道を教えている。十人の兄弟姉妹のうち存命なのは八十歳近い弟が一人だけになった。近頃は自分の年齢を考え、老人ホームに入ることを思案しているという。

林少尉は楓と同じ岐阜県可児郡上之郷村生まれ。同じ村とはいっても小学校を中心にして東西の端と端に家があったため近所ではなかったが、大正十年三月生まれの林少尉と大正九年十一月生まれの楓は、小学校の同級生だった。二、三、四年生と同じクラスで、五年生の時に林少尉は転校する。

転校した林少尉はその後、岐阜師範学校二部を経て東京農業教育専門学校（現・筑波大農学部）で農業教育を専攻。昭和十七年九月十九日、半年繰り上げで卒業し、秋田県鷹巣《たかのす》農林学校に教員として着任した。ところが、すぐに召集令状を受け、歓送迎会が同時に行われるという慌ただしさで、十月一日には中部第六部隊（騎兵第三連隊）に入営する。中部第六部隊は、愛知県東春日井郡守山《もりやま》町（現・名古屋市）にあり、現在は陸上自衛隊の駐屯地となっている。

翌十八年二月一日付けで甲種幹部候補生となり、五月、千葉県の習志野《ならしの》陸軍騎兵学校に将校生徒として入校。ここで、馬術を始め騎兵隊に必要な学術を習得するはずだったが、飛行兵に転科して、十八年十一月、九州・福岡県の太刀洗陸軍飛行学校に入校。熊本県の菊池教育隊でパイロットとしての初歩訓練を受けている。

十九年三月二十日、太刀洗陸軍飛行学校を卒業した林少尉は、満州に渡り、白城子の第二十五教育飛行隊で戦闘機の操縦訓練を受け、同年七月一日少尉に任官。その後、佳木斯《チャムス》の第四錬成飛行隊で訓練を受けた後、公主嶺《こうしゅれい》に移り、第十三錬成飛行隊で少年飛行兵の訓練を担当した。

昭和二十年三月十日、特攻隊第四降魔隊が編制されると隊長を命じられる。四月三日に公主嶺を出発して九州に渡り、同月五日付けで第六航空軍司令部付きとなり、部隊の名称も第一〇五振武隊と改称された。第六航空軍に所属した特攻隊は「振武隊」と総称されたからだ。その後、知覧に移動し、同月二十二日、少年飛行兵三人を含む六人と九七式戦闘機で出撃、沖縄西方洋上の敵艦船に突入した。

この時、林少尉と一緒に出撃、戦死した隊員に藤野道人軍曹がいる。しかし、藤野軍曹だけは特攻死とされていない。なぜか。沖縄に向けて航行中、徳之島上空で敵機と交戦、藤野軍曹機だけが同島沖の海中に墜落、自爆し、遺体は島民の手によって引き上げられ、遺骨が遺族の手に戻っているためだ。得心のいかない私は、元特攻隊員で第二一三振武隊員だった板津忠正に、このことを尋ねた。板津については改めて触れるが、板津は、

「特攻隊はあくまで体当たりが前提で、全軍の模範にならないといけないという認

識があった。だから、出撃したが途中で戦死した隊員は、特攻隊員の名簿には掲載されていないのです」

と言う。しかし、特攻隊員に決まり、厳しい訓練を受け、出撃するまでの精神的葛藤《かっとう》を経験し飛び立っていったことを考えれば、出撃したことですでに〝特攻隊員〟だと思うのだが――。いまだに当時の認識が変わっていないとすれば、それは特攻隊員を侮蔑《ぶべつ》するものだとさえ感じる。

第一〇五振武隊は、林少尉と一緒に出撃した六人のほかは、二十三日に一人、五月四日と同二十五日にそれぞれ二人の計五人が特攻出撃し散華している。

再会と最後の別れ

楓が、小学校五年生の時に離れ離れになった林少尉と再会したのは、昭和十九年三月二十三日のことだった。午前十一時頃、楓が戸籍係として働いていた上之郷村役場に、太刀洗陸軍飛行学校を卒業したばかりの林少尉が、戦闘機の操縦者として訓練を受けるため満州に渡ると挨拶《あいさつ》に訪れたのだ。当時は、出征が決まると役場に挨拶に行くのが慣例になっていた。

久しぶりに会う「義則さん」は、軍人らしく周囲の空気をピリッとさせる威厳を帯びていた。楓は、林少尉に、助役の傍のイスをすすめ、お茶を出した後、自分の席にもどり二人の話を聞いていた。すると二人の会話の中から、戦闘機という言葉が聞こえた。「ああ、この人は戦闘機乗りになるんだ」と気付くと同時に、小学生の時から「少しあわてん坊な」義則さんを思い出し、「隠れていなければいけないような時にも、敵に見つかれば自分からぶつかっていくタイプの義則さんに、戦闘機乗りはあってるな」と感じた。

二、三十分ほどして林少尉が帰るという。楓が役場の玄関へ見送りに出ると、林少尉はすでに靴をはいて、軍刀のベルトを締めなおしているところだった。その傍らにたたずみ、別れの挨拶をしようと思っていると、

「結婚はどうなの」

突然、ささやくように尋ねられた。

「まだです」

答えると同時に、林少尉が助役と話をしている時に浮かんだ短歌を書き付けた紙片を手渡した。それにはこう書いてあった。

大空を御楯《みたて》と翔《か》ける雄姿にも
いとけなき日の面影残る

林少尉は「ああ」とだけ言って、読まずに胸のポケットにしまい、「じゃあ」と左手で軍刀を押さえ、きびすを返してさっとバス停に向かって走っていった。

ほんのわずかな間だった。だが、「じゃあ」と言った一瞬に、二人の目が合った。その目の輝きと、にっこりと笑った顔は、楓の胸にしっかりと刻まれた。バス停へと走る姿を見送りながら、「ああ、この人はもう帰って来ないんだ」と感じていた。これが林少尉の姿を見た最後になった。

そして、この短い再会が、その後の二人の人生を大きく変えた。

楓は、もう二度と林少尉には会えないし、話すこともないと諦《あきら》めていた。ところが、最後の別れから一、二日後の午後十時頃、林少尉から突然、電報が自宅に届いた。

「寒い日でした。自分宛ての電報なんて初めてでしたからびっくりしちゃって……」

電報は名古屋駅から出されていた。

ワレトニツクキミサチアレヨシノリ

林少尉がなぜ、十三年ぶりに再会した楓に電報を打ったのか、その真意はわからない。ただ、この電報がきっかけで、その後、林少尉が出撃するまで一年間にわたる文通が始まる。

電報を読んだ楓は、その場でこんな短歌を詠んでいる。

われ途につく君幸あれと口ずさみ
　壮途の姿まぶたに浮かぶ

一年間の手紙

電報が届いて数日後、今度は絵葉書が届く。水彩画で風景が描かれた軍事郵便用のものだ。

郷里を立つ前に君に逢《あ》うとは、思いがけぬことであった。元気に着任し、任務に邁進《まいしん》している。満州は広いということが第一印象だ。

満州国新京第七郵便所気附
満洲一六六一五部隊安喰隊

葉書はその後立て続けに三通届いた。

満州の日の出は地平線に真赤に大きく昇って来る。大気を胸一杯吸って一日の課業は始まる。

赤い夕陽の満州の歌の如く内地に比べ日の長い今、赤い夕陽をみての入浴帰りの気分は格別だ。第一線の将兵のお蔭《かげ》で悠々任務に邁進出来るのは真に有難い。きっと充分お国のお役に立てるようにと頑張っている。

機上で見る満州の夕陽は実に雄大ですばらしく、任務を忘れてしばし見とれることがある。

軍隊調の簡潔な文面で甘い言葉などは一言もない。日記のようでもある。

ある日、白い封筒の便りが来た。開けてみると、軍服姿の戦友と神社の前で撮った一枚の写真が同封されている。裏には「先ず神社に詣《もう》でて、同郷人山田少尉（明治大学出身）と」と書かれ、茶色の便箋《びんせん》には「ここは満州事変当時、中村大尉の遭難の地が近くにある広い飛行場」とメモ書きされていた。

あの人は今、どこにいるのだろう。

楓は林少尉の居場所を無性に知りたくなった。写真をよく見ると、神社の鳥居の前に石柱があり、それに「白城子神社」と刻まれていた。メモから、小学生の頃、昭和六年九月に起きた満州事変で、陸軍大尉が満州の白城子の飛行場近くで虐殺されたのを、歴史の教師が劇にして高学年の生徒が演じたことを思い出した。

さっそく地図を取り出し、白城子を探した。新京から西南の方向にあった。赤い印をつけた。

「あの頃は、居場所は軍事機密で知らせてはいけなかった。だから、あの人は、意図的に居場所を教えようと写真を送ってきたのだと思います。その後の手紙も、部隊名はいつも同じでしたが、転戦すると、日付や地名を書いていなくても、何らかの方法で居場所がわかるようなヒントを与えてくれたので、いつも居場所はわかっていました」

この手紙を機に、楓は手紙が届く度に、「地図とにらめっこしながら」林少尉の行動を追いかけた。それは楓自身がいつも、林少尉と一緒にあり、一緒に呼吸をし、一緒に生活をしていることだった。

白城子から佳木斯に移動したことは、満州から帰国した静岡県の戦友からの手紙で知った。

極めて、御壮健なる林少尉はチャムスへ、国境へと勇躍出発されました。少尉とお別れした小生は現在富士を望む此所盤田のほとりにて、訓練に励んでおります。オリオンは中天に瞬きおれど、今見る君は北の果て。戦場の男子とて、烈しい恋に身を焼く時もありましょう。太く短く生きようとしている彼等に、願わくば優しき大和撫子《やまとなでしこ》の御心もて、その恋を全うさせてやって下さらんことを祈ります

「この手紙をいただいて、心を打たれてしまいました。これで、あの人が少尉になったことを知り、地図を調べて、国境の近くまで行ったのだとわかりました」

林少尉からの手紙は毎日届くこともあれば、一日おきに届くことも、一週間に一度ということもあった。林少尉は筆まめで、葉書は細かい字でびっしりとうまっており、手紙は、毎回、三、四枚したためられていた。初めは日々の出来事を伝える内容が多かったが、いつしかその文面は、二人で会話しているようなものに変わっていった。そして、楓は、手紙を通して林少尉の動向や考え方など、すべてを手に取るように理解していった。

しかし、甘い雰囲気にひたってばかりはいられなかった。林少尉はパイロットである。一度、操縦桿《かん》を握れば常に危険と背中合わせ。「死」は戦場だけでなく、訓

練の場でも襲いかかってくるのだ。不安はいつもつきまとった。

「上之郷村役場であの人が飛行機乗りになったと聞いた時から、もう帰って来る人ではないと思っていましたが、事故に遭ってはいないかとか、不安な日が続きました。そんなある日、一通の手紙が届いたのです」

先達《せんだって》、一寸《ちょっと》自分の不注意で命拾いをした。銃後の皆様の赤誠になる飛行機を壊してしまい、まことに相済まぬと思う。負傷の方は心配要らぬ。

何が起きたのかわからなかった。後日、訓練を終えて着陸しようとしたところ、霧が深くて着陸できず、そうこうしているうちに、翼を電線に引っ掛けて不時着、大破したことを知った。

「右目の下に傷を負って視力も落ちたらしいのです。後で写真を見ると、眼帯をしていました。もし、失明して飛行機の操縦ができなくなったなら、どんなに落胆するかと哀れでなりませんでした。でも、それと同時に目が見えなくても帰って来て欲しいという気持ちも強かったです。それから、退院して間もなくの頃ですがまた、便りが来たのです」

死は易しと言うが嘘《うそ》である。人は唯、この死あるが故に修養するのだ。よりよき死を求めて日々精進するのだ。

楓には、林少尉に死が近づいているように映った。すぐさま手紙を書き、五枚の便箋の余白と裏面に目一杯、「死なないで下さい。死んではいやです」と書きつぶし投函《とうかん》したが、返事は、

君の悲願でぬりつぶされた手紙入手。只《ただ》、暗涙を呑《の》むばかりだ。然し任務は遂行せねばならぬのだ。許せ、お互いに苦しいけれど、二人で耐えようではないか。

俺なき後の長い一生を独りで過ごすかと思うと断腸の思いがするが……。

楓は自分たちが不憫《ふびん》でならなかった。しかし、その悲しさからはどうあがいても逃げられなかった。この頃の気持ちをノートに綴っている。

帰りこぬ命をたのみ人生《ひとのよ》を

生きんと思うはかなしと言うか

ふつふつと恋いしさつのり来る時は
自《い》が胸抱き哀れ堪えおり

今でも読み返していると当時の気持ちがよみがえり、涙が止まらなくなる。
「本当に泣いて耐えるしかない時代でした」
戦局は悪化の一途をたどる。それにつれてこんな手紙が届いた。

前に、君の夢の実現が可能かも知れぬと書いたが、戦局はいよいよ厳しくなって来ている。覚悟新たにせられたし。

そして、公主嶺の第十三錬成飛行隊で少年飛行兵を訓練していた頃には、雛《ひな》を連れて一廻《ひとまわ》りして来ると、さすがの俺もどっと疲れを覚える。そんな時机上に見馴《みな》れた筆跡のお前の便りを見ると疲れも一ぺんに何処《どこ》へやら。そしてしみじみ思うなァ。

「ワイフと言うものは有難いものだなァ」と。

林少尉にとっても楓は生きる支え、戦う支えになっていた。楓には、心の揺れを見せていたのだろう。

昭和二十年二月の終わり頃、初めて手紙に「特攻隊」の文字があった。

菊池時代よりずーっと一緒だった山田少尉は特攻隊の命を受け二月十一日の紀元節を期して厳粛な出陣式を挙げ内地へ向け翔《と》び立って征《い》った。

いよいよ来るべき時が来たと感じた。

「あの人が特攻隊と決まったのは三月に入ってからなのですが、実は、いつ特攻隊になったのかははっきりとは覚えていないんです。もともと覚悟はしていましたが、さすがに気が動転していたのでしょう。特攻隊になってからの手紙で覚えているのは『この頃地球が大きいのか小さいのかわからない様な仕事を毎日繰り返しやっている』という一通だけです。その時は深く考えませんでしたけれど、今思うと、地上の一点の標的を敵艦船と見立てて上空から急降下して体当たりする訓練をしていたのでしょう。なかなかうまく当たらないから、大きいはずの地球も小さく思えてしまう、という意味だったのでしょう。本番は突っ込むだけでおしまいですが、訓練は急降下した後、上昇しないといけないから大変だったでしょう。本番よりも苦労したと思います」

その時々の思いを短歌や俳句に残している楓は、林少尉が特攻隊員になったことを知った時の気持ちをこう書き残している。

幾月日思い侘《わ》びつつ在り経しが
　相見る折りは遂になからん

堪え難き思いを述べん術《すべ》はなし
　今宵《こよい》も唯《ただ》に床に入るなり

手紙を交わしていた一年間は、楓にとって林少尉がすべてだった。

「一年間、手紙のやり取りをしただけですが、それだけで、一緒に暮らしているような気持ちになりました。終戦から六十年近く経ちましたが、いつもあの人のことを考えてきましたので、今では、こういう食べ物が好きなんだとか、ああいうのが嫌いなんだとか、あの人の嗜好《しこう》までわかるような気がします」

これほど濃密な心の交流をもった二人。手紙の中で、結婚の話は出なかったのだろうか。

「戦争が終われば一緒になるつもりでした。でも、昔は、今のようなプロポーズはありません。だから、手紙にも、結婚とか愛とかいう言葉は一切ありませんでした。一度だけ『ワイフと言うものは有難いものだなァ』と書いてきたことはありましたが……。手紙を出し合っているうちに一緒になっていたんですね」

と、楓は恥ずかしそうにうつむいて答えた。

ただ、一度、手紙の上で〝急接近〟したことがあった。林少尉が白城子にいた頃の手紙だ。「結婚」「愛」というストレートな言葉こそないが、心の内をはっきりと伝えている。

落し物拾い当てた様な気持ちである。

（筆者註《ちゅう》――「物」を傍線で消し「者」と訂正している）

泉学校で逢《あ》いし時、君、姉の如く、今軍に入りて、君、妹の如く思ほゆるも我れながらおかし。

小生、航空に身を置く者として、母の言葉もあり、なるべく身軽でいるつもりでいたが、何通かの君の手紙を読み心打たれるものがあり、今は心に決めたので、両親にも手紙を出して置いた。話しが調ったら、この時局内地へ帰っている余裕は無いから、日時を定めて、お互いに身体を清め神社に詣《もう》でることにしようではないか。

嬉《うれ》しいのに、どうすればよいのかわからなかった。すぐに楓の決心がつかないでいると、続いてこんな手紙が来た。

遠く離れているためなのか、意志の疎通を欠き、自分の早合点から迷惑をかけたらしいが、前便のことすべて取消し。間違いにしては余りにも大き過ぎる間違いにて、誠に恥じ入る次第。思えば友軍機を敵機と間違えて戦闘配置についた様なもの。後になってみれば、やれやれだが、その時は真剣だったのだ。これからは思う存分任務に邁進《まいしん》しよう。

楓は、ついに別れの手紙が来てしまったと思った。思案したあげく、このまま別れてしまえば二人とも絶対に後悔する。こう決心して手紙を出すが、今度は待てど暮らせど返事が来ない。今のように自由に電話をかけられる時代ではない。返事を一日千秋の思いで待ちわびた。丁度この頃、林少尉は白城子から佳木斯に転進しており、林少尉の手元に手紙が届くのに時間がかかったのだ。

しばらくすると、

テガミハイケン、バンジリョウカイ、オモイドウリニヤレ、アトフミ

という電報に続き、

廻り廻って届いたこの手紙、よくぞ我が手に届いてくれたものだ。長い旅をしてやっと我が懐に君が飛び込んだ様なものだ。小生、居所を移動したので、手紙も廻送《かいそう》してくれたのだが有難いことだ。それにしても俺の気持ちをよく理解してくれているのに感心する。自分達の心を大切にして無理をしないで、自然に従うようにしよう。

という手紙が届いた。

結婚や夫婦という文字はでてこないが、暗黙のうちに一緒になることを確認しあ

ったのだ。楓が言うように、林少尉がもし戦死していなければ、二人は間違いなく結婚していただろう。この手紙で、心が一つになった二人の手紙には、以降、結婚をほのめかす言葉は見当たらない。

林少尉は、口には出さなかったが、彼女の行く末をかなり気にかけていたようだ。昭和二十年三月、第一〇五振武隊（第四降魔隊）が編制された後、両親に出した手紙の中で、

楠《くすのき》正成《まさしげ》が最初に後醍醐《ごだいご》天皇の行宮《あんぐう》に召され天皇が親しく股肱《ここう》として賊を打つよう命ぜられた時の忠臣正成の心中が今少し察せられるような気が致します。思えばこの大任、微力義則は悠久の大義に生きる日迄《まで》は猛訓練に猛訓練を重ね必ずその負託の重きに任じます。至らぬ乍《なが》らも大命を拝したる上は部下に自らの不行届から無駄死を決してさせまいと先輩の訓を本として研究と訓練に全霊を打ちこんでおります。今はもう何も申すことはありません。

と、自らの任務について伝えている。楓に出した手紙にはこうした自分の任務や心境については一切触れていないのとは対照的だ。それだけ、楓には余計な心配を掛けないように気配りをしたのだろうか。手紙はさらにこう続いている。

皆様、元気で仲よく頑張って下さい。(日露戦争で戦死した)祖父様と逢ったら林家の近況を報告致しましょう。楓には一寸《ちょつと》気の毒に思います。が大丈夫でしょう。話が長びいてとうとう間に合わなかったですね。

こちらからはまだ便り出せるでしょうが、父上の便りは三月半ば以降出すのを止めて下さい。皆様の御健闘を祈ります。


楓はこれを読んで、安心した。正直なところ、自分が重荷になっているのではないかと、いつも心配だったのだ。両親に何を言い置いて征《い》ったのかということも気になっていた。だが、林少尉は「大丈夫でしょう」と自分を信じて征ってくれていた。ほっとした。

林少尉から最後の葉書が届いたのは四月末のことだ。


いよいよ今日出撃する。この期に及んで、何も言うことなし。よく尽くしてくれたお前の心を大切に持ってゆく。君ありて我れ幸せなりし。体を大切に静かに平和に暮らしてくれることを祈る。

では。四月二十二日

林隊、義則
鹿児島県川辺《かわなべ》郡知覧町

「この葉書を読んだ時は、これでもう最後だと思いました。八十年以上生きてきましたが、私が本当に生きたのは昭和十九年三月から二十年四月までの一年間でした。この一年間で八十年分生きました」

楓はこう言って、大きく息をついた。

知覧という地名を、楓はこの葉書で初めて知った。地図を開いて、沖縄に近いことも知った。戦後三十六年経った昭和五十六年五月、特攻平和会館で開かれる戦没者慰霊祭に参加するため初めて知覧に足を運び、それから十一年間は毎年、慰霊祭に参加した。それ以降は三年に一回ぐらいの割合で訪れている。

「異国的できれいな響きを持ったこの町の名前は、私にとっては、故郷の地よりなつかしい地名になっているのです。できれば、毎年、行きたいのですが、最近は身体が思うように動かないし、飛行機の乗り降りにも自信がないので、なかなか……。でも、どこにいても、あの人とはいつも一緒だから」

亡き人の今はの際の足跡を
遺《のこ》し給ひし知覧恋しく

楓の知覧に対する思いである。

自分の手で戸籍抹消

林少尉の遺品が戻ってきたのは特攻出撃した直後の四月末だ。少尉の実兄が、林少尉が知覧に向けて出発するまでの間、待機した熊本県の菊池飛行場まで受け取りに行った。

遺品は多くはなかった。

冬用の軍服と時計にカメラ。それに満州で撮影した写真数枚と飛行士が食べる飴《あめ》玉《だま》やアンパンなど。遺品と一緒に両親宛ての手紙がしたためられていた。そこには、

楓はよく手紙をくれて、励ましてくれました。小生がいなくなると当分は淋《さび》しいと思うから、父母様でよく慰めてやって下さい。写真機と時計を楓に渡して下さい。

と、一文が添えられていた。自分が出撃した後、一人残される婚約者の行く末を心配する林少尉の思いやりだ。

「どんな気持ちで『小生がいなくなると』と書いたのでしょう。書いた本人は、あの時代のことですから、それほどでもなかったかもしれませんが、受け取る方はたまりません。それに遺された者の悲しみは、年がたつに従って深くなっていくのです」

カメラは使えないので、林少尉の父親に預け、時計はいつも手に巻いて使った。時計の針の音が、林少尉の鼓動のように聞こえた。

遺されし時計の刻む針の音は
　脈拍のごと胸に伝い来

楓は小声で、当時の気持ちを思い出すように自分の短歌を口ずさんだ後、

「実は、もう一つ大事な遺品があるんですよ」

と、小さな指輪を取り出した。銀製で百合の花が刻まれている。林少尉が、「こちらからは何も送るものがないから」と言って、日頃使っているシガレットケースを送ってきたことがある。楓はそのお返しに当時使っていた指輪を送ったのだ。その指輪が、冬用の軍服のポケットに入っていた。軍服ですれてしまったのか、百合《ゆり》の花は潰《つぶ》れてしまっている。

「出撃する時、持って行ってくれればよかったのにと思いました。でも、この指輪が、あの人と一緒に、満州から九州へと回った後、私の手元に戻ってきたのだと思うと、あの人のぬくもりが伝わってくるようで、気持ちが一杯です」

出撃を知らせる最後の葉書が届いても、遺品が手元に戻ってきても、どこかの島に不時着しているのではないか、満州に戻って、シベリアに抑留されているのではないかと、〝生存〟を期待することもあった。

しかし、昭和二十年の十月、戦死公報が届いた。

中部第四部隊長陸軍大佐〇〇〇〇

陸軍大尉　林　義則

右ノ者昭和二十年四月二十二日、沖縄島北方ノ海上ニ遊弋《ゆうよく》中ノ敵艦船ニ体当リ攻撃ヲ敢行戦死ス

黒インクのペンで書かれ、四つ折りにして、赤い字で「公報」と書かれた薄い封筒に入っていた。林少尉は特攻攻撃で散華《さんげ》したため、階級は二階級特進して大尉になっていた。

楓は、戦後も上之郷村役場で戸籍係をしていた。林少尉の公報が届いた数日後、

上司から「右ノ者、昭和二十年四月二十二日……」と書かれた一枚の書類を手渡された。

「楓さん、林さんの戸籍抹消の朱線をひいてあげて」

自分の婚約者の戸籍を自分の手で抹消する。手が震えた。黙って、「林義則」の文字の上に定規をあてて、朱色の斜線を引いた。

亡き人の数に入れるか今日よりは
　戸籍の朱線胸に痛しも

「まさか、あの人の戸籍を自分の手で抹消するとは……。末期《まつご》の水を取ってあげる気持ちでした」

運命は残酷なものである。

遺骨が届いたのはさらに一年が経った昭和二十一年六月になってからだ。岐阜の留守部隊、中部第四部隊から通知が届いた。遺骨といっても白木の箱だけで、中には何も入っていない。林少尉の自宅のテーブルの上に安置された白木の箱の前に、「おかえりなさい」と、こみ上げるものをおさえながら両手をついた。昭和十九年三月二十三日に上之郷村役場で見送ってから、二年ぶりの再会である。余りにも残酷な再会に、楓はしばらくの間、顔をあげられなかった。

葬儀は村葬で盛大に執り行われた。葬儀の当日、林少尉の両親から「お葬式に加わるように朝から来て」と言われたが、楓は親族の席に座ることはできなかった。楓は婚約者で入籍をしていない身。親族や近所の人の手前、恥ずかしかったのだ。そして葬儀が始まる直前、近所の人たちと一緒に参列。一番後ろの方で立ったまま読経を聞いた。

ただ、白木の箱と写真が飾られた祭壇に、

一年《ひととせ》を経て還《かえ》り給《たま》いし君の御魂《みたま》
　全身をもて　抱き参らす

待ち詫《わ》びし御魂還る日近ければ
　心粧《こころよそお》いぬ悲しみに堪えて

我を遺《お》きて遂《つい》にゆきしか我を遺きて
　武士道《みち》とふものはかくも悲しき

の三首を短冊に書いて供えた。読経が終わり導師が引導を渡すその声の中に、「楓さんの胸に抱かれ」の言葉が聞こえた。ドキッとすると同時に嬉《うれ》しい気持ちが胸一杯に広がった。

葬儀の後は、「死んじゃった」「いなくなっちゃった」と思うだけの日が続く。毎日のように来ていた手紙は来なくなった。何をどうして気持ちの整理をつければいいのか……。

『おとずれは』と待ちて現実《うつつ》に気づきたる
　そのたまゆらの淋《さび》しき極み

出撃した後も、ふと〝便りは〟と思い、〝ああ〟と気づく日々が続いたが、葬儀を済ませても同じだった。毎日手紙を待って暮らした一年間で、いつの間にかそれは習慣となっていた。気がつくと、六十年が経《た》っていた。

私が楓を訪ねたのは、平成十六年四月二十一日。林少尉が出撃、散華した日、命日の一日前だった。私は楓に墓参に行かせてもらいたいと申し出た。

「一緒にお参りしていただけるんですか。ちょっと待っていてくれますか。準備をしますから」

こう言いながら隣の部屋に入り、十数分して現れた楓は薄化粧をしていた。まるで、恋人に会いに行くように、その表情はぱっと華やいでいた。

林少尉の夢は教育者になることだった。しかし、時代はそれを許さず、沖縄の海に散った。二十四歳だった。

教育も御空も共に国のため

楓は手紙のすみに書かれていたこの一言が一番、心に残っているという。そして、私との別れ際、自分の戦後六十年をこう括《くく》った。

「任務だから、自分の仕事だから……と自分を納得させてみても、やっぱり死にたくなかっただろうと思います。それもぼろぼろの飛行機で。泣き言は決して言わなかった人だけに、いろいろと考えて眠れなかったこともあったと思います。あの人の気持ちを考えると、かわいそうで、自分だけこんなに長生きして幸せだったなどと言うのは申し訳ない。でも、私にはあの人の面影があったからこそ幸せだったのです」

第四章　笑顔で征った少年——父と母、そして兄

幻の特攻基地

知覧から北西に二十キロほど行くと、日本三大砂丘の一つ、吹上浜《ふきあげはま》がある。東シナ海沿いに万世から串木野《くしきの》まで約四十七キロにわたって続く砂丘だ。ここに陸軍特攻基地「万世飛行場」が完成したのは、大東亜戦争末期の昭和十九年末のこと。知覧と同様に、沖縄特攻作戦の出撃基地となったが、陸軍関係者の間でさえ隠されていた「秘匿飛行場」で、戦後も、しばらくの間その存在は知られていなかった。

戦況が悪化した昭和十八年七月に着工。鹿児島県川辺郡や日置《ひおき》郡など南薩《なんさつ》地区の住民や中学生らを勤労動員して、松林を切り開き、突貫工事で砂地を滑走路に造り上げた。物資不足でセメントがなかったため、近くの山から赤土を運び出し、それを敷き詰め固めたが、滑走路は短いうえにでこぼこだった。そのため、一式戦闘機「隼」のように引き込み脚の機種の離着陸には難があり、固定脚の九九式襲撃機や九七式戦闘機など旧式戦闘機の出撃基地として利用された。

昭和二十年四月三日に、第六二振武隊が出撃して以降、延べ二十九回にわたり、十四の振武隊百二十一人が特攻出撃、散華《さんげ》している。特攻隊以外も含めると、万世飛行場から出撃した戦死者の数は二百一人を数えた。

平成五年、加世田《かせだ》市役所から二キロほど離れた兵舎、格納庫跡にようやく「加世田市平和祈念館」（万世特攻遺品館）が完成し、遺族や観光客が訪れている。ただ、その数は、知名度の高い知覧と比べて、年間一万人とまだまだ少ない。

平成十六年早春、私はこの万世飛行場跡地にいた。現在は、百九・九ヘクタールの県立吹上海浜公園となり、かつて、特攻基地だったということを示す看板や案内図があるわけではない。案内してくれた万世特攻慰霊碑奉賛会事務局長の上塘《かみとも》徳晃に滑走路の跡地を尋ねると、幹線道路から海浜公園まで南北に走る舗装された杉並木をさして、

「ここが滑走路でした。昭和四十年までは米軍が駐留軍の空港として使っていましたが、公園にするということで舗装され、改修されました」

という。確かに見通しのよい直線の道だ。しかし、ここにもたくさんの特攻機が沖縄をめざして飛び立っていった証は残されていない。

小高い展望広場に上ると、防風林の松林の向こうに、東シナ海が広がる。

「特攻機は八百メートルほどの滑走路を走り、この展望広場を越えて東シナ海に向かって離陸した後、左に旋回して野間半島上空を越えて沖縄に向かったようです」

海浜公園には県内外から年間五十万人もの観光客が訪れるが、ここが特攻基地だったということに気付く人は少ない。

昭和四十五年八月七日付けの南日本新聞は、万世飛行場が人々の記憶から遠ざか

っていくことをこう伝えている。

加世田市（旧、万世地区）の松林の中に万世飛行場ができたのは終戦の数ヶ月前だった。小、中学校、各種団体の奉仕隊や、各戸から一人ずつ動員され、人海戦術による突貫工事が行われたのである。飛行六六戦隊が配属され、特攻隊が南の海へ飛んで帰らなかった。（中略）

飛行場跡のおもかげは、今なに一つ残っていない。吹上浜の松が残り、砂丘地利用のポンカン園が広がっている。自動車学校が建ち、かつて飛行機の爆音がとどろいた松林の間からは、いまは自動車のエンジンの音が伝わってくる。縦横に走る長い直線道路が滑走路を連想されるだけで慰霊碑もなく、また鹿屋、知覧、出水《いずみ》などのように話題になることもない特攻基地

知覧では、特攻隊員たちは三角兵舎で過ごしたが、万世飛行場ではどうだったのだろうか。上塘に尋ねると、約二キロ離れた旧南薩鉄道加世田駅近くの住宅街にある空き地のような駐車場に案内してくれた。

「ここに飛龍荘という旅館がありました。大きな式台の玄関があり、入り口の両側には二本の石柱が立っていたようです。玄関前の広場には、いつも送迎用の軍用ト

ラックがとまっているほど大きな旅館で、広い庭には池や桜の木が植わっていて、離れもあったようです。特攻隊員たちはここに泊まって、出撃命令が出ると、トラックで飛行場まで行ったのです。飛行場跡も飛龍荘跡も、全く様変わりしてしまいました」

飛龍荘は『加世田市史』にも取り上げられ、

薩摩《さつま》半島で本土決戦という構えから、護南部隊はどしどし入り込んできた。城の山・花の迫・高倉・大坊ヶ丘・村原などには大きな防空壕《ぼうくうごう》を掘り、部隊が駐屯した。万世飛行場からは特攻の振武隊が飛んだ。知覧飛行場からも盛んに飛んだ。飛龍荘（柳月荘）には特攻隊員が宿泊していたので、婦人会では交代で炊事の加勢に行った。町長や助役は出発のたびごとに慰問激励に行った。二十歳前後の若い好男子ばかりであった。ああ、飛行機もろとも敵艦目がけて体当たりをし、一機一艦撃滅の壮挙を断行したのであった。

と記載されているが、この跡地にも、特攻隊を思い起こさせるものはない。

子犬を抱いた少年飛行兵

万世飛行場と特攻隊の存在を唯一伝える平和祈念館は、合掌複葉型といわれる二階建て。玄関を入ると館内は照明が暗く、厳粛な気持ちになる。すぐ左側に大きく引き伸ばされた一枚の等身大のパネルが展示されている。

特攻隊の話になると必ずといっていいほど紹介される「子犬を抱いた特攻隊員」の写真だ。子犬を抱いた少年兵を囲むように四人の若者が微笑《ほほえ》んでいる。全員、飛行服に飛行帽、白いマフラーを巻き、首からは飛行時計がぶらさがっている。飛行帽の上には「必勝」とかかれた日の丸の鉢巻をしており、今にも出撃といういでたちだ。

真ん中で子犬を抱いているのが荒木幸雄伍長。当時、まだ十七歳だった。荒木伍長の両隣で、子犬の頭をなでているのが早川勉、千田孝正両伍長（いずれも十八歳）、荒木伍長の右肩に後ろから左手を乗せ、ニコニコしているのが高橋要伍長（十八歳）。その横で、はにかむように上目遣いで横を向いているのが高橋峯好伍長（十七歳）。いずれも、昭和二十年四月十三日に知覧から出撃した岩井定好伍長と同じ少年飛行兵十五期だ。

撮影場所は万世飛行場の作戦指揮所壕前。五人はこの写真を撮影した翌日の昭和二十年五月二十七日、第七二振武隊として戦友五人と万世飛行場を出撃、エンジンの故障で引き返した一機を除き、全員が突入した。写真に写っている五人も沖縄周辺で敵艦船に突撃、散華している。

実は、第七二振武隊は最初、写真を撮影した二時間後に出撃することになっていた。ところが、沖縄方面が悪天候のため急遽《きゅうきょ》、一日延期されたのだ。つまり、この写真が撮影された時には、すでに出撃が数時間後に迫っていたということになる。〝死〟を目前にして、この素晴らしい笑顔《えがお》——。写真を見つめていると、彼らの笑い声が聞こえてきそうだ。戦後、この写真は特攻隊を象徴する写真として一人歩きした。特攻出撃を控えた彼らの邪念のない笑顔の奥には、一体、何が隠され、何を語ろうとしているのだろうか。

写真の真ん中で子犬を抱える荒木伍長の兄、精一（七十八歳）を訪ねた。

荒木伍長は、旧陸軍記念日の昭和三年三月十日、群馬県桐生《きりゅう》市宮前町の上毛電鉄西桐生駅前で、菓子店「高梅堂」を営む丑次《うしじ》とツマ夫婦の次男として生まれた。男ばかりの六人兄弟。長男の精一とは二つ違いで、荒木伍長が特攻出撃した時は、十九歳だった。生家は今はなく、精一は、生家から東に四、五百メートルほどの桐生市宮本町に住んでいる。

「例の写真に写っている弟さんの件ですが」

こう切り出すと、

「あの写真は最初、知覧で撮影されたと言われていたのです。だから、弟はてっきり、知覧から出撃したものとばかり思っていました。十四年前に初めて知覧に行った時も、弟はここから出撃したんだと思っていました。ただ、いろいろな人に聞くと、万世かなあという気もしたのですが、確証がなかったのです。ところが、平成五年頃、平和祈念館ができて、万世から出撃したことが、はっきりしました」

と、言いながら分厚い資料を取り出した。

父親の丑次は昭和四十二年一月十一日、心不全で亡くなり、母親のツマは、脳卒中で倒れた後、精一夫婦の介護を受け、昭和六十三年三月三十一日、八十三歳で天寿をまっとうした。ツマが亡くなった後、荷物の整理をしていると、荒木伍長の手紙や修養録（日記）、遺品が入ったトランクが見つかった。手紙や遺書は四十年以上を経て、読みづらくなっている部分もあるが、精一は、一つひとつ丹念に読み込み、ワープロで清書、整理し直した。そして、遺書などの原本は、「加世田市平和祈念館」に寄贈した。

「少なくとも私たち兄弟は、十七歳で燃え尽きた弟の心情を理解して、子孫に伝えなければと思いました。弟が生きた証《あかし》としてまとめたかったのです」

精一が整えた資料にある日記や遺書などから、荒木伍長の笑顔の意味を追うことにした。

「当時、家の近所には魚屋や燃料屋、床屋、機械修理屋、石材店、小間物屋などの店が並んでいましたが、一歩離れると、田んぼが広がっていました。幸雄は、学校から帰ると、かばんを投げ捨ててどこかに消えてしまうという活発な子どもで、いつも原っぱで野球をして遊んでいました。普通の子どもでした」

荒木伍長は、桐生市立西小学校を卒業すると、家業の菓子店を手伝いながら、当時、商業団体が後継者育成のために設立した桐生市商業青年学校に通った。ところが、十四歳の時、突然、中退して、海軍飛行予科練習生（予科練）を受験。昭和十八年三月五日、合格の通知を受け取り、四月三十日、茨城県土浦市の海軍航空隊に向かった。

合格通知を受け取った直後の三月二十日の手帳には「父　市役所へ出発（入隊）の期日を聞きに行った。五月一日と決まった。嬉《うれ》しくて嬉しくて胸がわくわくした」と、海軍飛行兵を夢見る気持ちが綴《つづ》られている。ところが、五月一日、入隊時の身体検査の結果、体調不良の理由で不合格となってしまったのだ。この日の手帳には「入隊時身体検査不合格、即日帰郷。涙を呑《の》んで土浦を去る」と記されており、その落胆ぶりがうかがえる。

荒木伍長はその三ヶ月後、今度は陸軍少年飛行兵に挑戦している。この三ヶ月間で体調を回復させたのだろう。

八月四日の手帳には「陸軍少年飛行兵身体検査合格。身長一五七・三　胸囲七七・〇　体重四八・五　胸郭拡張八・〇」、十一日の手帳には「陸軍少年飛行兵学科試験豫想　数学八〇点　国語七〇点」と試験の経緯を記し、九月二十日には「陸軍少年飛行兵採用通知来る」。

精一によると、陸軍少年飛行兵の受験は家族には内緒だったという。そこまでしてどうして少年飛行兵を目指したのか。単なるパイロットへのあこがれだったのか……。運命とは皮肉なものだ。予科練を不合格になり、少年飛行兵への道をあきらめていたなら、特攻隊員に選ばれることもなかったのだ。

合格した荒木伍長は十月一日、東京陸軍少年飛行兵学校（所在地、東京都北多摩郡村山村、現・武蔵村山市）に入校、適性検査の結果、操縦科に配属され、九州・福岡県の太刀洗陸軍飛行学校の甘木生徒隊（所在地、現・甘木市）で訓練を受けることになった。

いよいよ訓練が始まったが、わずかその一年七ヶ月後、荒木伍長は特攻隊員として出撃することになる。この間に何を感じ、何を考えたのだろうか。荒木伍長が残した修養録を読み、彼に近づいてみたい。

修養録は、漢字、カタカナ混じりで、日常生活を簡潔に記している。内容のほとんどは訓練の出来、教官の教え、自戒と決意だが、ところどころに十五歳の少年らしい感想や言葉が綴られている。

十一月五日
航空兵は目が一番大切と言っているが、自習の時電気の暗いのは大不満である。体操の方は大分上手になったが、教練の方がまだ機敏でないと隊長殿より注意を受けた。今後は一層動作を機敏にやりたいと思った。又典範令等教官殿の話すことがよく解らない。典範令を渡して貰《もら》いたい。又近頃は御飯が大分あるので助かる。

十一月六日
自分も一寸《ちよつと》よそみしていたので叱られた。今後は、よそみなどせずよう上官の訓諭を守り立派な飛行兵になろうと思った。又大西軍曹殿より下士官室に入る動作悪しと言われ、入隊以来初の御目玉を貰う。

十一月八日
大東亜戦以来早くも満二年とならんとしているとき、南方では壮烈なる激戦が展開している此《この》時に当り、我々は尚一層勉励致し、国に報ゆるの務めを尚《なお》一層固めなければならないと思った。

十一月十三日には、初めての地上滑走訓練を経験。「実に感慨無量」の気持ちで搭乗した荒木伍長は、無我夢中で桿《かん》を握り滑走した。また、この日は、「ゴム索」を五十回以上も引張り、訓練後には歩けないほどになるが、一人前になる為の訓練と思えば、何でもないことと綴っている。

十一月十五日
自分は能《よ》く中隊長殿外教官殿の訓えを守り、どこまでも頑張る覚悟なり。

十一月十七日
だがこの訓練に打ち勝たねば、立派な操縦者になる事は出来ない。この辛い訓練の度に、故郷の事を思い、何の此《こ》れ位と思い一層奮起せり。

連日のように、決意の言葉が綴られたこの頃の修養録からは、肉体的にも精神的にもつらい訓練に負けまいと、故郷に思いを馳《は》せながら自らを鼓舞し、ひたすら訓練に励む荒木伍長の姿が浮かぶ。訓練は、日曜は休みだった。しかし、その日にも、明日からは又一生懸命勉強致し、立派な少年飛行兵となる覚悟なり。

と、決意を記している。

入隊から四ヶ月も経つと、荒木伍長はぐっとたくましくなっている。

昭和十九年一月十四日

滑空訓練に於て全員他の区隊に負けじと頑張ったせいか、二回搭乗、之れで入校以来三十四回目。操縦の方も大分良くなった。（操縦桿の押し良好なりとほめられたが未《ま》だ未だ元気でやる覚悟だ）。

区隊長殿の指導に依り運動「ネコ跳び」「地上転回」も大分上手になった。

一月二十六日

今週は教練をよくやる。自動車演習場の丘まで駈足《かけあし》行軍でいく。完全軍装で駈足をやるときは実に辛い。否つらいばかりか身の自由がきかない。だが戦地にいる先輩たちはこれ以上の辛い事をやっているのだ。と思うと何で此れ位でまいってたまるかと思う。

そして、二月五日、荒木伍長は生まれて初めて実弾を撃った。

第一弾を打つときの自分の心は何といってよいか、只唖然《ただあぜん》として引金を引く。第二弾目頃より大体調子がわかり異常なく実砲射撃を終了した。総点二十八点、先ず第一回の射撃として自分としては嬉しく思った。だが未だ未だ上には上がある。一層大いに頑張る覚悟だ。

日本一の少年飛行兵を目指す気魄と、日々、心身ともに鍛えられていく様子が読みとれる。

二月二十四日には、卒業を間近に控え、班長から感想の提出を求められ、

君の為散るべきときに散りてこそ
日本男子と讃《たた》えまつらん

という歌を詠んでいる。

そして三月二十一日。荒木伍長は五ヶ月余りにわたる地上教育を終え、太刀洗陸

軍飛行学校甘木生徒隊を卒業。実際に飛行機を操縦する訓練を受けるため、その日のうちに甘木から西南西に三十数キロ離れた目達原陸軍飛行場の目達原教育隊に向かっている。期間は四ヶ月だった。

修養録は新天地でも続いている。

三月二十三日
九時頃より飛行場に集合、飛行服を着て飛行機に乗る訓練をする。幼少より憧《あこが》れの的であったあの堂々たる飛行兵の姿が、今我々も遂に実現したのだ。其《そ》の時の気持は只嬉《うれ》しくてたまらなかった。一日も早く立派な操縦士となり国恩に報うべく努力する覚悟なり。（中略）今後は益々《ますます》注意事項を良く守り、一意操縦教育に専心し、大空を天翔《あまか》けるべく立派な飛行士となる覚悟なり。

幼い頃から憧れだった飛行兵。自分がついにその姿になったこの日の感動はいかばかりだっただろうか。少年の日の夢がかない、荒木伍長はいっそうの努力を心に誓い、さらに訓練に励んでいった。

四月一日には、上等兵を拝命、「並々ならぬ訓練の結果の賜《たまもの》である」と記している。そして、この日から飛行演習が始まった。いつもより早い五時半起床だが、飛行機に乗るのだと思うと早起きも苦にならない。初飛行は最初の組だった。さすがに緊張で胸がどきどきする。しかし、いざ離陸してみると、その気持ちよさは他に例のないほどのものだった。晴れ晴れと飛行演習を終え、一日も早く単独で操縦できるようになりたいと決心している。

四月二十九日の天長節には、「贅沢《ぜいたく》をしたかったらば、前線を想《おも》え。一機でもと増産に邁進《まいしん》する青年工員から老工員に至る迄《まで》の苦痛を想え。軍人となったからには、国に尽くすを本分となす」と他者を思いやり、「明日は忘れもせじ靖国神社の例大祭である。本年も二万柱の先輩の英霊が合祀《ごうし》せられた。此の事を思うと一日一日をのんびりとすごす事が出来ようか。一日も早く立派な操縦者として国家のため尽くす覚悟なり。誠心　誠意　勉励せよ」とその決意を新たにしている。

五月、戦局は緊張を高めていた。

五月二十日

今日より特殊飛行を開始せり。最初の飛行であるので少し目が廻《まわ》ったが、此れ位で目が廻っては真の操縦者とは謂《い》えない。（中略）

午後の学課中突然「防空下令」あり。決戦の秋、日一日と油断ならぬ今日遂に我本土にも敵機空襲があるの報が飛んだのだ。此の時に当り益々心を引き締め日常の内務、演習に全力を振るって邁進する覚悟なり。学校の助教殿も全部出動準備をして飛行場に走っていくのに我々にはまだ敵機に体当りする技倆《ぎりよう》と精神がないのだ。

空襲其のときは第一番に飛び立ち敵機に打《ぶ》つかるの気概と技倆とを一日も早く向上せねばならないのである。

五月二十五日

新聞が無いので我が軍の戦況は解り得ないが、状勢の緊迫しているのは百も承知である。（中略）あの大軍神の行動に恥じない様な忠勇男子となり、一日も早くこの大戦を完遂し東亜永遠の平和を築き上げねばならない。

五月三十日

戦局は益々緊迫し当隊に於《お》いても続々出動し緊迫せる決戦の大空へ雄躍飛び立って行く。真に頼しき次第なり。一日も早く優秀なる中堅幹部となり、皇国の要求に応ずべく一日一日の猛訓練に耐え切らなければならない。此れには堅忍不抜なる精神と卓越せる体力とを以てしなければならない。

十六歳の少年は鍛えられ、心身ともにたくましく成長していた。常に自らを戒め、一流の操縦士を目指す信念となみなみならぬ決意は、痛々しいほどだ。この修養録で少年らしい素顔が見えるのは、久しぶりに「しるこ」の配給がありうまかったこと、突然の休暇中止や外出取り止めがあったことなど、食べ物や外出許可について記している部分だ。

一月二十三日
今日は久し振りの外出（入校以来たった三回目）。正月以来の休暇で小雀《こおど》りしながら外出す。

甘木の町は案外狭いもの二、三時間で一廻りするような状態である。（買物も買う様なものひとつもない）いつもより早く帰って来た。

休務になったら寝るのが一番よい……とのんきなことでは修養にならない。

酒保で菓子の自由販売あり、入校以来初めて菓子の自由販売を受く。実にそのうまさは例え様もなかった。（一週間に一ペン位よいだろうと思います）

父親の丑次は、昭和十九年一月一日、精一と三男の康好を連れ、太刀洗陸軍飛行学校に荒木伍長を訪ねている。精一は当時、十七歳。その日のことをよく覚えている。

「十二月三十一日の大晦日《おおみそか》に、特急で福岡に向かいました。列車は混雑していて座るところもなかったので弟の康好は洗面所に座らせました。母親の手作りの弁当を食べさせてやりたくて持っていたのです。弟と会うのは三ヶ月ぶりだったのですが、鍛えられたのでしょう。身体はもちろんですが精神的にも大きくなっていて驚きました」

荒木伍長も、父と兄弟の突然の来訪がよほどうれしかったのだろう。ほかの日よりも詳しく修養録に書いている。

昭和十九年一月一日
元旦《がんたん》であるため四時半中隊全員起床、先日教官殿の言った通り「駈初」で昭和十九年を迎える。
本校入校以来初めての単独外出である。欣喜雀躍《きんきじやくやく》として校門を出る。正月のため町も賑《にぎ》やかである。それに連れて喜んで遊んでいると班長殿と行き合い、父が面会に来ているとの事である。其の時の気持は実に感慨無量、直《ただ》、嬉しくて何もなかった。直ちに引返し父兄と面会した時の気持は実に言語に表わせない。いざ面会して見ると話す事がうんとあるので何が何だか判らない。

班長殿の慈悲によって二日晩より三日晩まで外泊が出る事になった。遥《はる》か桐生よりこの九州迄遠い所を面会に来てくれた父の有難さをしみじみと感じた。今後益々上官殿の命令に従い一意軍務に精励致したいと思う。

一月二日

父様が昨日面会に来り、今日正午より臨時外出が許されるとの事で嬉しい内にも二日を迎える。今日は平常通り八時より体操である。（中略）

午後勇んで校門を出て父の宿所へ面会に行った。自分もこの様に父兄と一緒に宿す事は絶対出来ないと思ったが、教官殿、班長殿の慈悲によっての事である。今後この上官殿の慈悲を心に体得し一意専心上官の教訓に従い立派な少年飛行兵となる覚悟である。

今夜一晩朗らかに父兄と肩を並べて床に就く。

一月三日

入隊後三ヶ月ぶりに父兄及布団の上で床についた。実に良い気分である。我まぶりが出てか今日は七時頃起床のんきに朝を過した。

日の経《た》つのは早いもの。面会したのは今日かと思ったがもうお別れである。いつでも一緒にいたいと思うが、そうは行かない。これが修養であると思うと喜んで別れる事が出来た。（心の奥には早く立派な操縦士となって国家のため又邦家のため充分なる手柄をたてたいと思う）

久しぶりに父親や兄弟と歓談した感激が、素直に綴《つづ》られている。「加世田市平和祈念館」に飾られた子犬と一緒の写真のような屈託のない笑顔《えがお》で家族と語り合ったのだろう。

推測に過ぎないが、この頃は、戦闘機を自在に操り、敵戦隊と一戦交じえることだけを頭に描き、よもや特攻隊として出撃することは予想すらしていなかったのではないかと思える。この荒木伍長が、満面の笑みを写真にとどめ、どうして特攻出撃したのだろうか。

突撃までの十ヶ月

荒木伍長は、昭和十九年七月二十四日、目達原教育隊を出発、その後、当時、日本に併合されていた朝鮮・平壌の朝鮮第一〇一部隊の第十三教育飛行隊で、襲撃機の操縦者の訓練を受けている。修養録は六月二十日で切れているため、平壌での詳細はわからないが、父親の丑次に出した手紙や葉書、それに遺品などから推測できる。

拝啓
永御無信に打過ぎ誠に申訳ありません。
其後父母様外弟達も元気の事と思います。
下りて幸雄も元気で――――（筆者註――この部分は削られていて不明）
表記部隊に転属し愈々《いよいよ》敵必墜の戦技を錬磨しています。
父母様にもどうぞ御身体を大切に銃後奉公に邁進《まいしん》の程切に祈ります。
弟達も宜《よろし》敷く
敬具

この葉書は八月十八日着で、朝鮮第一〇一部隊から送付したものだ。以降、何通か葉書や手紙を出しているが、いずれも時候の挨拶《あいさつ》と〝戦う決意〟を表明するものばかりだ。遺品の中にあった手帳に記録されていた飛行記録によると、昭和十九年八月五日から翌昭和二十年一月まで、朝鮮半島で、九九式襲撃機を操縦して、空中操作や特殊飛行、編隊飛行、基本爆撃、薄暮飛行、変針爆撃、緩降下爆撃、超低空爆撃、跳飛爆撃予行、艦船爆撃予行などの訓練を集中して受けている。急速に実戦に向けての訓練が続けられたのだ。

荒木伍長がこうした訓練を受けている昭和十九年十月、関行男大尉らによる神風特別攻撃隊が出撃した。当然、荒木伍長の耳にもその情報は入っている。特攻攻撃が敢行されたことに対する荒木伍長の気持ちはいかばかりだったか。丑次に葉書を出している。

大分寒くなりました。父母様にも御健勝にて職務に精励の事と思います。幸雄も北方の酷寒も物かはと猛訓練に勉励して居ります故何卒《なにとぞ》御休心下さい。大東亜決戦も熾烈《しれつ》さを加え一大国難に際会致しましたとき特別攻撃隊等の諸先輩に引続き愈々皇国の為奮励する覚悟です。朝鮮も日中、朝夜とも大分寒くなり内地には思えない程の寒風です。桐生も相当寒いと思えます。何分御身体に留意せられ職域に邁進の程切にお祈り致します。

諸我のおじさんに宜敷く

さようなら

この葉書は十二月二十日に丑次の手元に届いたが、荒木伍長の高揚する気持ちが勢いよく綴られている。明らかに特攻隊を意識した内容であることは、一読でわかる。荒木伍長はさらに昭和二十年一月、弟の康好に次の手紙を出した。

先日は御手紙有難う。
昭和弐拾年の新春を迎え元気で通学の由何よりだ。
兄も相変らず元気で軍務に勉励して居る故安心して呉れ。
大東亜戦もいよいよ熾烈を加えレイテ島の勝敗は国家が起つか、亡びるかの時機だ。
此の事をよく理解し「撃ちてし止まむ」の精神で学務に又身体の錬磨向上に務めよ。
そして一日も早く強健なる体力となり兄に続いて来い。
米英に最後の鉄槌《てっつい》を下すのは真に御前達だ。
康好はよく弟の模範となりよく教え、且《かつ》よく遊び、父母様に心配を掛けるな。
義夫、邦起等に宜敷く伝えて呉れ。
何しろ寒いから体を大切にせよ。
さようなら
幸雄兄より

十六歳の少年が書いたものとは到底思われない雄々しい文面。一年余りの訓練で、少年の心身にどれほどの変化があったのかがうかがえる。しかも、戦況の悪化で、特攻攻撃は主要な任務を帯びてきた。荒木伍長は、その特攻攻撃が、現実のものとして自分自身に近づいているのを感じ取っていたのかもしれない。

昭和二十年二月十八日から、八ヶ月ぶりに修養録が始まっている。ただ、それまでカタカナだった文字は平仮名になり、「死生観」や「特攻」の字がやたらと目につく。

昭和二十年二月十八日
○午前　隊長殿訓話（現時局）
○午後　飛行演習（後側上方予行）
○一日一訓　死生観の確立
戦局も愈々前古未曾有《みぞう》の決戦段階、即国難に際会す。昨日の情報にても敵機動部隊は、本土近海に迫り又敵艦載機千数百機は関東に来襲し来る。此の緊迫する一大時機に我空中勤務者として奉公出来るのは真に武人の面目此《こ》の上なし。特攻の精神を以《もっ》て訓練に内務に勉励せん。敵機来らば敢然此の腕を以て此の襲撃機を操縦して敵に体当りを敢行し潔く散華《さんげ》せん。

死生観に透徹し、死して汚名を残さず名誉を後世に残さん。

「一機よく一艦を　屠《ほふ》るの精神」

海洲転地訓練より異常なく帰り、元気で百一部隊の朝を迎える。

二月二十日
○午前　身体検査、通信学
○午後　飛行演習（前側上方）
○一日一訓　肚《はら》を作れ
午前空勤月例身体検査を実施せり。
海洲にて転地訓練の為本日体重を測りたるに二瓩《キログラム》三百の減少を見る。原因はたるんでいるからである。今後は積極服務し身体の向上に努力するつもりなり。
肚を練れ。これは我々として欠くべからざるものなり。死生観に透徹し従容義に赴かねばならぬ。剛毅《ごうき》なる肚を練りやるべきときに潔く任務を完遂せん。

二月二十二日
○午前　通信学（送信装置）
○午後　飛行演習（前上方予行）
○一日一訓　防疫規定の厳守

昨日隣の九二部隊に流脳患者発生し第三防疫法施《し》かる。よく防疫規定を守って病気にならぬ様に努力する覚悟なり。此の緊迫する時局にて我々の身体は国家の干城なり。此の名誉に恥じぬ様に学識と剛健なる気力と体力とを鍛錬せねばならぬ。

飛ぶ鳥後を濁さず。身辺を整理し、衛生に留意し、汚名を後世に残さぬこと。

飛行演習も燃料不足の為、思う様に行かず今日も搭乗せず。

三月五日

○午前　剣術、種痘

○午後　飛行演習

○一日一訓　前線の神鷲《かみわし》に続かん

敵の反抗益々激しく実に国家興亡の一大時機なり。前線の先輩は、一機残らず特攻隊となり、其の戦果すら確認出来ぬと云《い》う事なり。我々は先輩に続くべく一寸の（以下不明）の物資を有意義に活用し以て国家の干城として敵撃滅に邁進する決意なり。

三月八日

○午前　詔書奉戴《ほうたい》式、舎内大掃除
○午後　飛行演習（単機戦斗、薄暮飛行）
○一日一訓　内務の振粛
大詔奉戴日
戦局も遂に本土を焦土化し、未曾有の決戦を迎う秋第○○回目の奉戴日を迎う。我々は益々《ますます》忠君愛国の至誠を致し、米英撃滅に邁進《まいしん》する決意なり。

文言が激烈になり、日に日に特攻隊への決意が固まっていくのがわかる。そして誕生日の三月十日にはこう記している。

○午前　通信学
○午後　飛行演習
陸軍記念日（小生の誕生日なり）
○一日一訓　即時実行
戦下第四○回目の記念日を迎う。今日の意義ある日をきっかけに益々本務に励み、一機一艦を葬る操縦者となる覚悟なり。実行は任務完遂の要素なり、上官の命令は謹んで之《これ》を守り、直ちに之を行わねばならぬ。

今日は小生の誕生日なり、男児として恥じぬ日本人にならねばならぬ。

「一機一艦を葬る」。荒木伍長はこの時、特攻隊員として出撃することを決意したとみられる。

三日後の三月十三日には、

○午前　衛生講話（三角巾《さんかくきん》止血法）
○午後　作戦要務令（試験）
○一日一訓　心と腕と体を
昨日を以て我々の腕の訓練は一時終了せり。（中略）
春も一雨毎に暖かな日を迎え、士気軒昂《けんこう》なり。戦局坦々《たんたん》たる時当部隊に於ても近々大規模な特攻の編成あり、戦友に遅れをとらぬ様修養、錬磨に勉めねばならぬ。
元気、本気、根気の三気でやろう。

修養録はその後、十四日には、

○午前　衛生講話
○午後　整備作業
○一日一訓　戦友愛

十五日には、

○午前　衛生講話、鍛錬
○午後　日誌修正及整備作業
○一日一訓

と、短く綴《つづ》られ、十六日には、

毎日々々の多忙さに
日誌を書く暇なし。

この後、五月十六日まで記載されていない。記録が途絶えている期間は、沖縄特攻作戦が全面的に展開された時期。十七日から再び始まる修養録を読むと、この間に、特攻隊を命じられその準備に忙殺されていたことがわかる。

天気快晴　絶好の出発日和なり。
待ちに待って居た門出である。
一二時二〇分、約一〇ヶ月御世話になりし懐しの平壌を出発、決戦続く沖縄へ
沖縄へと前進す。必ずやる一撃轟沈《ごうちん》より外になし。
一五時頃再び内地の土地に着陸。殊に大刀洗時代の目達原飛行場に到着す。
朝鮮と違い老若男女の敢斗《かんとう》ぶりを見るとやはり日本人の遵さぶりがうかがわれる。
銃後の期待に添わん大戦果を挙ぐ。

そして十八日には、

多忙の余り
遊ぶのに余り……
日誌をつけるをしず

後になりて後悔す。

十九日は記載がなく、二十日は、

突撃訓練のため飛行場に行く。而《しか》し悪天候のため演習せず、休憩所に待機す。町又は部落人の赤誠にある贈りものと慰問にて大高笑や腹ぶくぶくにて下痢を起す次第なり。

午后《ごご》〇〇時、明日出撃せよとの有難き命令を受く。只《ただ》感慨無量。

一撃轟沈を期すのみなり。

慰問者絶えず延数何百人を数う。

最后の秋《とき》を朗らかに歌ひ別れの

と途切れ、荒木伍長の修養録は終わっている。文章の途中で終わっていることについて兄の精一は、

「最後まで書く時間がなかったのか、それとも感極まったのか……その時の弟の気持ちを考えると胸がつまる」

と目頭を押さえた。

修養録を読んでいくと、荒木伍長は当初、日本一の飛行士を夢見て訓練に励んでいたが、戦局が悪化するに従って、国家のために前線に行くことが当然と考えるように変化している。しかも、特攻作戦が展開されると、周りの雰囲気に呑《の》み込まれるように、何の疑問も持たずに自然に出撃を決心しているようにみえる。そこに少しの迷いも見出すことはできないのだが、時局と教育だけで、荒木伍長は写真のような笑顔でいられたのだろうか。さらに彼の心に迫りたい。

最後の別れ

荒木伍長の所属した第七二振武隊は、佐藤睦男《むつお》中尉（陸士五六期）を隊長に、西川信義軍曹（少飛八期）、新井一夫軍曹（予備下士印旛一〇期）、それに少飛十五期の荒木、早川勉、金本海流、久永正人、高橋要、高橋峯好、千田孝正、知崎利夫、佐々木篤信の各伍長――の合わせて十二人編成だった。

『陸軍最後の特攻基地』などによると、朝鮮・平壌で飛行訓練を受けていた荒木伍長らは、昭和二十年三月下旬、九九式襲撃機を、二百五十キロ爆弾を吊り下げられる特攻機に改造するため、対馬《つしま》海峡を越えて岐阜県の各務原《かかみがはら》飛行場に移動している。

三月三十日、この各務原飛行場で特攻出撃を命じられ、第七二振武隊が編制された。改造を終えた後、十二人は中国・南京にある第五航空軍に転属となり、一度、平壌に戻った後、四月二十一日、南京に向け出発する。まず、遼東《りようとう》半島を越えて錦《きん》州《しゆう》を経て北京に。北京から済南を経由して南京を目指す予定だったが、エンジン不調のため、佐藤隊長機以下七機が済南で整備。

五月二日、エンジンの調子がよい西川軍曹機と早川、千田、佐々木、金本ら四伍長機が南京に向かった。西川軍曹機ら五機が離陸した直後、金本機がエンジン故障を起こし、黒煙を出したため、済南に引き返し、残る四機で南京を目指す。ところが、徐州付近まで来た時、米軍機、P51戦闘機（ノースアメリカンP51ムスタング戦闘機）の襲撃を受け、佐々木伍長は背中と後頭部に敵弾を受けて戦死。西川軍曹機も被弾して空中火災を起こし、強行不時着、西川軍曹は顔面に大やけどを負った。P51戦闘機は最高速度が七百キロを超え、当時は世界最優秀の戦闘機と言われていた。旧式でエンジン故障を起こす九九式襲撃機では歯が立たなかった。

荒木伍長ら第七二振武隊は、五月五日、一転して九州の第六航空軍に転属となり、やけどで入院した西川軍曹を除く十人で、済南から北京、錦州を経て平壌に戻った。朝鮮から一度は中国へ。そして再び朝鮮に。陸軍は最初、第七二振武隊を第五航空軍に配属して、中国から沖縄に出撃させようとしたのだが、急遽《きゆうきよ》、方針が変わったのだ。軍の混乱振りを象徴する出来事だが、この間、荒木伍長らが移動した飛行距離は約二千六百キロにも及んだ。実戦経験のない若鷲《わかわし》たちの不安はいかばかりだったか。何よりも、特攻出撃前に撃墜され戦死した佐々木伍長の無念さは、どう受け止めればいいのか。

第七二振武隊の十人は、五月十七日、平壌を出発し、荒木伍長らが飛行訓練を受けた佐賀県の目達原基地へ。目達原基地では、近くの西往寺に寝泊まりして待機、二十四日に出撃命令を受け、翌二十五日、特攻出撃するため万世飛行場に向かったのだ。

三月三十日に特攻隊の命を受けた後は、ただ、突撃の時を待つばかりで時間が過ぎ去っていった。〝死〟は確実に、そして着々と迫っていたのである。それでも荒木伍長ら少年飛行兵たちは冷静に日々を過ごすことができたのだろうか。

荒木伍長は特攻隊の命を受けた五日後の昭和二十年四月五日、突然、群馬県桐生市の実家に帰宅している。

朝の六時過ぎだ。上毛電鉄西桐生駅前の菓子店「高梅堂」に、若い男が突然訪ねてきた。軍服姿に戦闘帽をかぶっていた。荒木伍長だった。父親の丑次はすでに店を開け、「高梅堂」の一日が始まろうとしていた。最初に気が付いたのは精一だった。太刀洗陸軍飛行学校で会って以来一年三ヶ月ぶりの荒木伍長は、見違えるようにがっちりと大きくなっていた。

「特攻隊」については、この頃すでにみなの話題になっていた。突然帰ってきた弟の顔を見た時、精一の頭に、その言葉が浮かんだ。もしかしたら……。

「ユキ、朝ごはんを一緒に食べよう」

母親のツマの声に誘われるように荒木伍長は座敷に上がると、突然、神棚を背に、ぴんと背筋を伸ばして正座し切り出した。

「ちょっと話がある。みんな座ってくれ」

自宅には両親と精一、それに三人の弟がいた。全員が座るのを確かめると、一呼吸を置いて、

「大命が下りました。元気で行きますから」

静かで落ち着いた声だった。大命とは天皇陛下の命令。だれもが、ついに特攻隊としての出撃命令が出たと感じ取った。

精一が冷静さを装い、

「今どこに来ているのか」

と尋ねると、

「岐阜にいる」

「いつまでいるんだ」

「わからない」

こう言って、家族一人ひとりの名前が書かれた封筒を手渡した。それが遺書だということはすぐにわかった。

荒木伍長はそれ以上は口をつぐんだままだった。

「今日は泊まっていけるのかい」

恐る恐る尋ねるツマの問いに、

「一晩だけなら」

お膳《ぜん》を囲んで食事が始まった。家族全員がそろっての食事は一年半ぶりである。

「これ。学校でもらった懐中時計。おとうちゃんにあげる」

丑次が箱を開けると陸軍航空総監賞と刻まれた懐中時計が出てきた。

食事の間、戦争の話や特攻隊の話は一切、出なかった。食事が終わると、家族全員と親戚《しんせき》を集めて記念写真を撮ることになった。

精一が私に見せたその写真は、荒木伍長が前列の真ん中に座り、キリッとした表情で真正面を見つめている。十五歳で入隊した時には百五十七センチだったとは思えないほどの体躯《たいく》で、一家の大黒柱のように見える。この写真が、最後の家族写真となった。

精一は仕事があるため写真を撮ると東京に帰ったが、荒木伍長はその夜、最後の夜を実家で過ごした。

「弟は、飛行機に爆弾を積む任務のため、岐阜の各務原飛行場に来ていたらしいのです。作業が終わるのを待つ間、熊谷までくる飛行機があったので同乗させてもらい、熊谷からは上越線の夜行で高崎まで出て、そこから両毛線の一番列車で帰ってきたと話していました。父親は、来るべき時が来たと感じたようですが、弟を見ていて、短い軍隊教育で大人になったなと感じたのと同時に、冷静な弟を見ていると、死の直前になると人間はこんなふうになるのか……と、言葉になりません。母親は翌日、弟を見送るまでは涙を見せませんでした。声を出して泣いたのは弟が帰ってからのようです」

荒木伍長は家族に暇乞《いとまご》いをすると、各務原飛行場に戻り、部隊と合流したが、精一は数日後、この各務原飛行場に弟を訪ねた。最後にもう一度会って話をしたかったからだ。

精一は軍の指定旅館に宿を取り、その夜は荒木伍長も外泊を許された。

「『眠りに来た』と言って夜の八時頃、旅館に来ました。子どもの頃の話や隣近所の話、家の将来のこと……。夜中まで兄弟水入らずでいろいろな話をしました。寝る前、『かあちゃんは身体が強くないから大丈夫かな』『あとのことは頼むよ』と繰り返していましたが、軍のことや特攻作戦のことは一言も話しませんでした」

翌朝、別れ際に荒木伍長は、

「俺はもういらないから持って帰って、かあちゃんに渡して」

と、十円紙幣を数枚取り出し、精一の手につかませた。精一は代わりに「これを持っててくれ」と、自分が身につけていた時計を手渡した。

荒木伍長は、旅館が用意した朝食を「部隊で食べるから」と言って断わり、

「元気でな」

という精一の声に、

「元気で行くよ。みんなによろしく」

とだけ言い残し、挙手の敬礼をして部隊に帰って行った。

「これが弟を見た最後でした。弟の態度には何か毅《き》然《ぜん》としたものを感じましたが、後ろ姿を見ていて不憫《ふびん》でなりませんでした。弟の夢は航空技術者になることだったと、あとで聞きました。まだ恋愛の経験もない。いったい何のために生まれてきたのかと思うといたたまれなくなってしまいました」

荒木伍長は、この精一との面会を最後に、〝現世〟との縁を断ち、特攻出撃に向け突き進む。

特攻出撃の気配が濃厚になり、特別訓練を受けていた頃と、出撃命令を受けてから出撃するまでの修養録は、ほとんどが欠落している。しかも、修養録にはところどころ赤字が入っている。軍が〝検閲〟したのだろう。したがって、残念だが、ど

こまで荒木伍長が本心を記すことができたのかはわからない。第七二振武隊が編制され特攻隊が現実のものとなってからの荒木伍長に、心の揺れはなかったのか。

徐州付近で敵戦闘機の襲撃を受けて大やけどを負い、特攻作戦に参加できなかった西川信義軍曹は昭和二十年十一月十五日、桐生市に丑次を訪ねている。精一は話す。

「弟の義夫の話では、西川さんは、弟の仏壇の前で座ったきり泣きじゃくっていたそうです。特攻隊員の中には出撃命令を受けて泣いてしまう隊員もいたようです。でも、弟たちの部隊はいつも明るくて〝朗らか部隊〟と呼ばれていたそうです」

この西川軍曹はすでに亡くなっているが、生前、特攻攻撃の命令を受けた時の気持ちを書き残している。

負けるためでなく自分が死んで勝つものならと、死を志したものであった。（中略）しかし特攻隊は出撃したらもう帰って来ない。帰えられないのは体当たり攻撃をするための、出撃であるので致し方ないが、果たして死ねるだろうか、操縦桿を握って敵艦目指して突込んで行く事が出来るのか、敵空母に眼がくらんで逃げるかも、いやいや、急降下してぐんぐん空母の艦板が眼の前に、眼を閉じて突込むのだろうか――等考えさせられた。いざ死ぬと決めたときはなかなか人間は弱いものだとも思ったり、目標到着までに敵機の攻撃や、艦砲射撃等で交戦する事は何も考えず、敵空母に体当たりが出来るのだろうか、体当たりをする。そのことだけを考えたものであった。（中略）

（平壌では）毎晩のように宴会で飲んで歌って踊って楽しく人生を過ごすかに見えたが、酒の量も増してくると、笑い上戸あり、泣き上戸ありで困った事もあった。隊員の中には郷里が遠いため休暇も取れず田舎《いなか》に帰れず、最後の家族との暇乞《いとまご》いも出来なくて心残りのある者もあったが、班長（私が内務班長であった）と一緒に死ぬのだからとなだめて床に入れた事もあった。

正直のところ死にたくはないのが普通である。ただ、ひたすら国のために体当たりするだけを心掛けて、皆無心になるように勉めたものである。

やすやすと特攻隊を決意できたのではないのだ。不安と恐怖感にさいなまれながらも、国家のため家族のためにと、気持ちを固めていったのである。

出　撃

荒木伍長らは、いよいよ出撃命令を受け、佐賀県の目達原基地で待機の日々を過ごす。「子犬を抱いた特攻隊員」の写真で、荒木伍長の隣に写っている千田伍長の機付長だった宮本誠也軍曹が、千田伍長の父、梧市に、宿泊場所だった西往寺での第七二振武隊の様子を伝えている。

自分たちを「朗らか部隊」と名付け、常に歌声を響かせているほど明るくはつらつとしていた彼らは、「何の恐れる物もなく、人におこられるとか、失敗しないだろうかとか、そんなけちな考えは悠久の大義に生きんと言う大理想の前に全然かきけされてしまっており、全ての行動が自信に満ち純で神を見る如き」であったという。そして、

いよいよ明日は鹿児島へ出発という日、五月二十四日の夜、皆めいめいに私物の整理をして居ます。手紙を書いて居る人、飴《あめ》をしゃぶりながら話をしたり笑ったりして居る人、村の人からたのまれたらしい一筆を日の丸に書いて居る人、孝正君は古い手紙やノートを火鉢にくべて居ました。ちょっと読んではやぶいて焼き、何か思い出す様に、くすぶる煙を見て居られました。思えばあと百時間もない命をそれとなく整理されて居られたのでしょう。

（『陸軍最後の特攻基地』より）

それぞれが、それぞれの思いで最期の時を迎えたのだ。

私は、荒木伍長が家族に出した手紙や葉書を再度、読み直した。荒木伍長は、九九式襲撃機の〝改造〟のため各務原飛行場に向かう直前の三月二十八日、朝鮮・平壌から丑次に、

戦局も愈々《いよいよ》本土を戦場化する場面に至りました。自分等はもとより我々一人々特攻の精神を以《もっ》て米英撃滅に邁進《まいしん》する覚悟であります。

という葉書を出している。

続いて、四月五日に帰省した直後なのだろう。消印の日時はわからないが、丑次宛てに、

謹啓
帰省中は種々御世話に預り有難う御座いました。（中略）
約八ヶ月ぶりに内地へ帰りましたが、やはり内地は良いです。青々とした山清き流れの川がしみじみと脳裏に浮かんで来ます。今度帰るときは屹度《きっと》戦艦の御土産《みやげ》を持って靖国の御社で会いましょう。（中略）
戦局も愈々熾烈《しれつ》を加えて参りました。自分の事も既に御覚悟されて居ることと

思います。我々としても男子の本懐之に過ぐるものはなきと思い体当りするまで奮斗努力《ふんとう》する覚悟であります。
御両親様にも充分御身体を大切に銃後職域奉公の道を完うせんことを祈ります。
隣組の皆様にも御便り申上げようと思いましたが、葉書と職務多忙の為不能と思いますから御父上様より宜敷く御伝え下さい。

君の為《ため》世の為何か惜しからん
空染む屍《かばね》と散りて甲斐《かい》あり
いざ征《ゆ》かん防禦《ぼうぎょ》砲火も何のその
愛機と共に撃ちて砕けん

決戦へ
参じ征く身の嬉《うれ》しさよ。

十八歳の春
（筆者註《ちゅう》——丑次宛て、日時不詳）

平壌から錦州を経て北京に到着した際には、

拝啓
御両親様其後御変り有りませんか、幸雄も無事北京に到着致し元気一杯突撃の神技を錬磨致して居ります故何卒《なにとぞ》御休心下さい。

平壌から錦洲と旅館へ泊る度に町の有志より歓待を受けたり御送られたり本当に一生の幸福と存じて居ります。

〇〇日北京に着き直ぐ町へ外出致しましたが人の賑《にぎや》かこと何処《どこ》の商店を見ても品物が山と積まれて居り昔の東京の様に盛大さです。今日も町の有志者に呼ばれ遊びに行きましたが元気でやって居ります。（たまにはよっぱらってふざけます。）

戦局のことを思ったらば此《こ》の様なことは悪いことですが自分等は必ずやります。狙《ねら》う獲物は敵の空母。任務完遂の為には何ものもいといません。

我々の死ももう間近に迫って居るのです。

いざ出撃のときは御両親様始め親戚方の御期待に添ふべく立派なる最期を遂げる覚悟です。

一撃轟沈《ごうちん》（中略）

銃后《じゅうご》も戦場です。御両親様にも充分御身体を大切にせられ職務にお励みの程御
願ひ致します。
弟達にも宜敷《よろし》く
幸雄より

（筆者註――丑次宛て、昭和二十年四月二十七日消印の封書）

朝鮮から中国へ、そして再び朝鮮に戻った際には、

前略
本日無事平壌に帰隊致しました。
故他事乍《なが》ら　御休心下さい。
幸雄も愈々〇日現地に向け出発致します。
御両親様始め弟達にも御身体を大切に
乱筆にて　　　　　　さようなら

（筆者註――丑次宛て、昭和二十年五月十六日）

そして出撃した五月二十七日には、宿泊していた鹿児島県川辺郡加世田町の飛龍

荘内から、郵便葉書と封書で二通の手紙を丑次に出している。

最后の便り致します。
其後御元気の事と思います。
幸雄も栄《はえ》ある任務をおび
本日（廿七日）出発致します。
必ず大戦果を挙げます。
桜咲く九段で会う日を待って居ります。
どうぞ御身体を大切に。
弟達及隣組の皆様に宜敷く　さようなら

葉書はペンで書かれているが、封書は鉛筆の走り書きで乱れ、

前略
御両親様始め皆様元気の事と思います。
幸雄も愈々本二十七日決戦場へ向け出発致します。
就きましては出撃前夜に刈りたる遺髪及最后まで飛行服に着けてあった七二振

武隊の「マーク」をお送り致します。
では呉々《くれぐれ》も御身体を大切に

幸雄

御両親様

と書かれ、封筒の表には、小さな字で「(遺品在中)」、裏には「昭二〇、五、二七　鹿児島県川辺郡加世田町　飛龍荘　荒木幸雄」と書かれていた。

荒木伍長は行く先々で、家族に対し、生活の変化と心境を報告し、まるで自分の〝決意〟を確認するように意志を伝え続けている。私は、修養録や手紙を読んでいるうちに、荒木伍長は自分が生きた〝証《あかし》〟と〝足跡〟を克明《こくめい》に残したかったのではないかと感じるようになった。そして、自分たち特攻隊員の〝死〟と引き換えに、国家の平和と家族の健康と幸せを心底願っていたことが痛いほど伝わってくるのだ。

「子犬を抱いた特攻隊員」たちの笑顔については、「国家のために身を捧《ささ》げることへの喜びの表情である」「国家によって死ぬことを洗脳された表情である」など、さまざまな意見が聞かれる。しかし、私は彼らの足跡を追い、こう感じる。

苦渋の末、国家と家族のために〝死〟を決断した彼らは、目の前に現れた子犬に、生きとし生けるものへのいとおしさを感じ、それが自然と表情に表れたのではないか。そして、この瞬間、彼らの脳裏には戦争のことも、数時間後には特攻隊として出撃していくという現実も消えうせていたのではないかと。

遺書

荒木伍長が特攻攻撃を敢行した数日後の五月末、丑次のもとに荒木伍長から最後の葉書と手紙、それに遺髪が届いた。軍からは、何の連絡もない。

「母親は遺髪を抱いて、弟の名前を呼んで泣き叫びました。父親は身体を震わせるだけで、一言もしゃべりませんでした」

母親のツマは、その日から、荒木伍長の話になると必ず涙ぐみ、だれかが墓参りに行こうというと必ず、一緒について行くようになった。

「ユキは、突っ込む時、どんな気持ちだったんだろう」

精一は、涙をあふれさせて独り言を言うツマの姿を何度も目にしている。

六月に入ると、佐賀県中原局気付、天風第一八九三四部隊から、遺品が送られてきた。開けると日頃使っていた「預金通帳」や「鉛筆」「歯ブラシ」「絵葉書」「万年筆」「人形」「千人針」「箸箱《はしばこ》」「金銭出入簿」「褌《ふんどし》」「印鑑」「靴下」……など、荒木伍長が生きていたことを証明するものばかりだった。日に日に、悲しさが大きくなっていった。

これも運命なのだろうか。荒木伍長が生まれたのは旧陸軍記念日で、戦死した五月二十七日は海軍記念日。

「父親は男だから、我慢していたのでしょう。悲しげな顔を見せませんでしたが、母親のショックは想像以上でした。『海軍飛行兵に不合格になっても、陸軍を受けに行った、旧陸軍記念日に生まれて、海軍記念日に戦死したのは幸雄の運命だった』と何度も言って聞かせました」

終戦を迎えると、特攻隊員を軍神と崇《あが》めていた世論が、掌《てのひら》を返したように特攻隊の遺族に距離を置くようになった。

「戦後、世の中が突然変わりました。学校の先生も〝軍国主義〟という言葉を使うようになり、なにもかも変わってしまいました。私も、弟は戦争犯罪人になってしまったので、人には特攻隊だったとは言えませんでした。今ではだんだん見直されるようになったので話せますが、時間はかかりました。よく、特攻隊は犬死にだったという人もいますが、絶対にそんなことはありません。当時は、唯一の方法だった。少年飛行兵の中には、特攻隊に選ばれながら、訓練中に亡くなった少年も多かったのです。その人たちの無念さを思うと、私は、兄として、弟については、見事突撃したのだからと納得しています」

荒木伍長は昭和二十年四月五日、桐生市の自宅に戻った際、「通知が来たら開けて欲しい」と言って遺書を残している。

それにはこう書かれていた。

まずは両親と親戚《しんせき》へ、

必ず大型艦を一撃のもとに必沈させます。

時局は益々《ますます》切迫している今日我、特別攻撃隊として出動し得るは武人の面目男子の本懐之《これ》に過ぐるものはありません。

まして愛機と共に運命を捨つるは尚更《なおさら》なり。

何も思い残すことはありません。

只《ただ》一筋に敵艦に当ります。

一つ御願いしておきます。

三人の弟（康好、義夫、邦起）

康好は一生懸命勉強する様、将来の事は兄上様と御相談の上適した職務に進めて下さい。

義夫は必ず陸幼から航士に入れ陸軍の将校に、
邦起は海軍兵学校に入れて海軍の将校となり航空の道を修め自分の後に続く様くれぐれも御願いしておきます。

出動する日は未《いま》だ判りませんが今年中にはやると思います。
其のときは冷静にして一撃のもとに撃沈して見せます。
花は桜木、人は武士　と云《い》うことあり。
十八歳の若桜にて敵撃滅の為《ため》立つは当然なり。
今迄《いままで》十有余年何等孝行を尽くすことなく世話になるばかりで今日に参りました。
諸上官、父母様の御陰にてどうやら一人前の操縦者となることが出来ました。
今度はゆっくり休暇を貰い靖国神社の花の下に会いましょう。
土産《みやげ》は敵さんの戦艦と鬼畜兵の首寿司《ずし》です。
出発の際は父母様始め親戚方の御厚情有難く御礼申上げます。
先も書いた通り本当に思い残すことは有りません。
純潔一途《いちず》にて邁進《まいしん》致します。
御両親様にも充分御身体を大切に銃後職域を全うせんことを祈ります。
弟を頼みます。

昭和弐拾年四月四日　　幸雄

御両親様
親戚方御一同様

と残し、両親には、

一筆申上げます。

御両親様始め弟達一同其後御変りなき事と存じます。

幸雄も愈々《いよいよ》特攻隊の一員として沖縄決戦に参じ征くこととなりました。

只感慨無量。一撃轟沈《ごうちん》を期すのみであります。

顧みれば幸雄十有余年間何等孝を尽くさず今日に到りました事を深く御詫《わ》び致します。

入隊以来諸上官殿の教訓により只今特攻隊員として身を国家に捧《ささ》ぐ。君に忠、親に孝と思召《おぼしめ》され御喜び下さい。

何も思い残すことはありません。只一途に邁進致します。

三人の弟を立派な航空兵として国家に役立つ人間に教訓の程御願い致します。

では何分御尊体に留意せられ銃後第一線に奮斗《ふんとう》の程切に祈ります。

親戚、隣組の皆様に宜敷く。

さようなら

振武七二隊　荒木幸雄拝

御両親様

精一には、

兄上様永い間御世話に預り有難く御礼申上げます。

何も思い残すことなく死んでゆけます。

只一筋に当るのみ。

今迄何等御恩返しも出来ず申訳ありませんでした。

此度《このたび》の出動は幸雄の御恩返と思い御喜び下さい。

戦局も益々苛烈《かれつ》を極める今日十八歳の身にて敵に当るは当然の事なり。兄上様にも今年入隊の事と思いますが、何事も御努力と誠心誠意軍務に勉励せんことを切に祈ります。

御両親様と弟を頼みます。

特に三人の弟には良く御訓育なされ将来立派な日本人として自分の後に続いて下さる様御願い致します。

九段の花の下でゆっくり会いましょう。

幸雄

御兄上様

三人の弟には、

康好、義夫、邦起
一生懸命勉強してうんと御飯を食うのだ。
配給だと云ってえんりょするな。
食べなければ大きくならないのだ。
御両親様の云いつけをよく守り、
よき日本人となって呉れ。
小成に安んずる莫《なか》れだ。
ちょっとの成功で誇らず何事も努力なり。
豊臣秀吉を思ってやれ。
失敗は成功の本とは一昔なり。
兄

と綴《つづ》っている。いずれも覚悟の程が伝わると同時に、両親を、親戚をそして兄弟を思いやる荒木伍長の性格をよく表わしている。

さらに一通には髪の毛と爪《つめ》が入っていた。

　桐生市長から戦死公報が届いたのは、戦争が終わって四ヶ月後の昭和二十年十二月に入ってからだ。そして戦没者合同市葬が行われたのは翌昭和二十一年四月二十日。遺骨のない荒木伍長の白木の箱には、遺髪と爪が納められた。しかし、連合軍の目を気にしてか、葬儀は、遺影も花輪もなく、ひっそりとしたものだった。葬儀には丑次とツマが参列したが、何をどう感じていたのだろうか。息子はだれのために、何のために十七歳で逝ったのか。第一〇三振武隊の岩井定好伍長の父親の伴一、母親のよしゑのように、怒りをぶつける相手もなく、ただ、耐えるほかなかったのだ。

　荒木伍長の戒名は「天幸院忠巌義光居士」。
　墓碑にはこう刻まれている。

　昭和十八年十月一日出征シ大東亜戦争ニ参加「昭和二十年五月二十七日出撃沖縄本島附近ニ蟠踞《ばんきょ》セル敵戦艦一隻ニ必死必中ノ体当リ攻撃ヲ決行シテ行動不能ニ陥ラシメ悠久ノ大義ニ殉ズ」ト聯合艦隊司令長官ヨリ感状ヲ受ク　享年十八歳

第五章　特攻隊が残したもの

平和会館の皆様へ
　このあいだは、戦争の事をいろいろと教えてくださってありがとうございました。最初語り部さんの話を聞いて、心がいたいほど悲しいしかわいそうだと思いました。まだ、十七歳十八歳の若い人まで死んでしまう事を聞いて、私はその時はじめて戦争のおそろしさを知りました。特攻前日の写真にうつっている少年飛行兵五人の顔を見ると、涙が出てきそうでした。今の時代が、とても平和なのは戦争でたたかった人たちのおかげだと思いました。本当にありがとうございました。（小学四年生の女の子）

　ここにきて、暴走族は卒業しようと思った。気安く特攻服など着て暴走しません。もう二度と暴走しませんし、迷惑をかけません。暴走族反対派の皆さん、すみませんでした。これからは真面目に生きます。（十九歳の男性）

（いずれも「平和へのみちしるべ」知覧特攻平和会館編より）

本土最南端の陸軍特攻基地「知覧」。戦後六十年近くを経て、その名前は余りにも有名だ。これほどもの悲しく胸に迫る地名を、私はほかに知らないが、同時に「知覧」は、平和の時代に生きる現代人に、日本人として忘れかけている〝何か〟を思い起こさせる場でもある。そこを訪れた時、個々のイデオロギーや戦争観を超えて、特攻隊の歴史が語り継がれている事実の重さを感じるのは、私だけではないはずだ。

知覧は、大東亜戦争が勃発《ぼっぱつ》した直後の昭和十六年十二月二十四日、福岡県にある太刀洗陸軍飛行学校の分教所として開校した。翌十七年一月三十日、第十期陸軍少年飛行兵七十八人が操縦教育を受けるため到着。若鷲《わかわし》たちは、当時の薩南中央鉄道（昭和十八年に南薩鉄道と合併）知覧駅で町民たちの熱狂的な出迎えを受け、大歓声に包まれながら飛行場までを隊列行進した。九五式練習機、通称・赤トンボによる初飛行が行われたのは、その年の二月四日だった。

江戸時代、薩摩藩が作った外城と呼ばれる武家集落の一つだった知覧。九州の小京都といわれるほど風光明媚《めいび》でのどかな城下町が、昭和十七年二月四日を境に爆音の響く〝基地の町〟に生まれ変わっていく。若い飛行兵たちが通りを闊歩《かっぽ》し、山間《やまあい》の静かな町は活気に満ちたかに思えたが、悲劇はその三年後に待っていた。

永遠の十秒

大東亜戦争末期の昭和二十年三月末、サイパンからの本土爆撃は日に日に激しくなり、レイテ湾を攻略、比島決戦を制したアメリカ機動部隊は沖縄に来襲する。眼前に迫りつつある連合軍の沖縄上陸を阻止するための日本軍起死回生の策は、二百五十キロ、あるいは五百キロの爆弾を抱えたまま敵艦に体当たりする「特攻」だった。

次々と知覧から沖縄に向け飛び立って行ったのは、いずれも十代、二十代の前途ある若者たちと、妻子をもつ三十代の男たちばかり。重い爆弾を抱き、よろめきながら離陸した特攻機は飛行場上空で旋回すると編隊を組み、二度、三度と翼を左右にふり最後の別れを告げた後、薩摩半島最南端にそびえる開聞岳（標高九百二十二メートル）を目に焼きつけながら、沖縄へ針路を定めた。

沖縄までは片道六百キロ。二時間余りの航程だ。しかし、現在のように自動操縦装置はもちろんレーダー誘導もない。風の変化を計算し羅針盤と航空地図だけを頼りに飛ぶ。しかも航程の大半は、敵のレーダーから逃れるため、海面すれすれの低空飛行だ。神経を研ぎすまし、一瞬たりとも気の抜けない飛行が続いた。踏ん張り続ける脚はこわばり、手は操縦桿《かん》と一体になっていた。そして、目標の敵艦隊を見つけると、グラマン戦闘機の迎撃やシャワーのように襲いかかる対空砲を避けながら、突っ込んで行った。赤、青、紫……、敵の砲弾が炸裂《さくれつ》するたびに耳をつんざく破裂音に包まれ、機体は大きく揺さぶられる。機体の攻撃をかわすためスピードを上げれば揚力がつき、機体が浮いてしまう。機体のぶれを防ぎ、目標の敵艦を見失わないためには、最後まで目を開けて目前に迫る敵影をにらみつつ、操縦桿をしっかりと押さえなければならなかった。手足を同時に使ってフットペダルと操縦桿を巧みに操り、体勢を整えていく。一瞬たりとも緊張をゆるめられない。突撃開始から目標までは約二キロ。時間にするとわずか十秒たらずだ。

沖縄作戦が終わる六月二十三日まで、こうして知覧から出撃した陸軍特攻機は、四百三十二機、散華した若者は四百二人にものぼる。

「日本は大丈夫ですか」

平成十六年五月三日、私は特攻平和会館で開かれる「第五十回戦没者慰霊祭」に参列するため、知覧に来ていた。鹿児島市内から、鹿児島湾に浮かぶ桜島を左手に眺め、指宿《いぶすき》スカイラインを南に車を走らせる。一時間余り。手蓑《てみの》峠を過ぎ、谷山知覧線に入ると、切り立つような山に囲まれた道になる。時折、太陽の日ざしを浴びてまばゆく輝く新緑の茶畑が見える。

旧鹿児島街道に沿って町の中心に入る。歩道の脇を鯉が悠然と泳ぐ清流溝が流れるメインストリートの南側には、約七百メートルにわたる武家屋敷群が残る。公開されている武家屋敷は六ヶ所。辺りは整然と区割りがなされ、どの屋敷も、石垣の上に手入れの行き届いたイヌマキの大きな生け垣がある。

ゴールデンウィークのためか、大きな声をあげながら楽しそうに連れだって歩く団体客が目立つ。家族連れも多い。あちこちから笑い声が響く知覧の町はのどかで明るい。山に抱かれて広がる台地と、美しい町並みには、ほんの六十年前、十代―三十代の特攻隊員たちが、出撃を控え最後の時間を過ごした運命の町のイメージはない。

町の中心部を過ぎ、麓川《ふもとがわ》にかかる湊橋《みなとばし》を渡るとゆるやかな上り坂になる。すると道路の両側に石灯籠《いしどうろう》が並び、印象は一変する。何とも不思議な〝気〟を感じながら、特攻服の若者のレリーフと献灯者の名前が刻まれた石灯籠にいざなわれるように車を進める。なだらかな坂道を登り切るとそこからは平らな台地が広がり、道路の両側にスーパーマーケットやコンビニ、レストランが軒を連ねている。この一帯が特攻基地だった。しかし、戦後、飛行場跡地は払い下げられて、農地や運動場、公園に変貌《へんぼう》。爆音が響いていた滑走路も、農地や住宅地に姿を変え、今では、特攻基地を偲《しの》ばせる面影はない。

桜並木が見えてきた。並木に沿ってハンドルを左に切れば、特攻平和会館だ。

駐車場は全国各地のナンバーの観光バスや乗用車で満車状態。派手な黄色やピンク色に塗り替えられた改造車が、一番目立つ位置に止まっている。旗を掲げ先導するバスガイドの声があちこちから聞こえてくる。特攻平和会館は、武家屋敷群と同様、観光コースに組み込まれているのだ。

慰霊祭が始まるまで小一時間ある。私は列に並んでチケットを買い、特攻平和会館に入った。真っ先に、ロビーに飾られたあでやかな陶板壁画が目に飛び込んでくる。「知覧鎮魂の賦」（仲矢勝好作）だ。高さ三メートル、幅四・四メートルのこの壁画は、燃え盛る機体が今にも海中に没しようとした時、六人の天女が現われ、機体から特攻隊員の魂魄《こんぱく》を救い出し昇天させる姿を描いている。三人の天女が、両手をだらりと垂らした隊員の身体をいつくしむように抱き寄せ、焼けただれそうな身体を冷やすためだろうか、一人は水をかけている。そして二人の天女がその様子を笑みを浮かべて見守っている。製作した仲矢の特攻隊員への思いなのか。特攻機は炎上しているが、特攻隊員の茶色の飛行服と手袋は焼けてはいない。

館内には、復元された陸軍四式戦闘機「疾風」や三式戦闘機「飛燕」、それに昭和五十五年六月に薩摩半島西方の甑島《こしきじま》手打港で引き揚げられた零《ゼロ》戦なども展示されている。

特攻平和会館を見学するのは二度目だが、初めて訪れた時と同じように胸を突き上げられるような気持ちになるのは、館内に展示されている英霊たちの写真や遺品、遺書、辞世、絶筆、それに家族や知人にあてた手紙を見る時だ。約四千点の遺書や手紙類はみな達筆で、国家を案じ、家族を思う気持ちが淡々と綴《つづ》られている。ガラスケースにへばりつくようにその一つひとつを読むうちに、涙があふれて止まらなくなる。そして、壁一杯に貼られた英霊たちの写真を見ていると、その一人ひとりにこう問いかけられているような錯覚を覚える。

「今の日本は大丈夫ですか？」

特攻隊員たちは十代後半から三十代前半。どの表情にも死を直前にした悲壮感はない。満面の笑みをたたえている隊員すらいる。彼らの写真を前に、もし、自分が同じ運命だったらと自分に問う。しかし、即座に答えが見つけられない。それどころか、彼らと同じ行動をとる自信がない自分に気付く。

特攻攻撃については、「志願だった」「命令だった」と、その判断はさまざまだ。戦後生まれで、戦争を知らない私にはそれを論評する資格はない。しかし、ここにいると、戦後六十年が過ぎた今、特攻攻撃を論評するのではなく、まず、歴史的事実として受け入れた上で、彼らの死の意味を考える時がきていることを強く感じる。今我々が享受している平和と繁栄は、こうした若い犠牲者によって培われたものだということは、紛れもない事実なのだ。

生き残りし者として

突然、凛《りん》とした大きな声が聞こえてきた。

「特攻機の飛び立つ滑走路（飛行場）は千五百メートルくらい。現在の様に舗装がされているわけでなく、ただの草原《くさはら》。二百五十キロ爆弾を抱えた特攻機は端から端までいってようやく浮き上がり、上空で編隊を組み、下で見送る整備、住民に翼を振り開聞岳の方向に飛び去った」

知覧特攻平和会館の初代館長の板津忠正だ。板津も特攻隊員だった。大空にあこがれた板津は十八歳で米子《よなご》航空機乗員養成所に入り、民間のパイロットを目指す。が、戦況が逼迫《ひっぱく》したため、陸軍の太刀洗飛行学校に転校を余儀なくされる。卒業後は、戦闘機操縦者として台湾各地を巡った後、特攻要員となり、兵庫県・加古川《かこがわ》飛行場で、特攻訓練を受けた。昭和二十年四月、二十歳で特攻命令を受け、同年五月二十八日、第二一三振武隊の一員として、知覧を出撃。ところが途中でエンジントラブルを起こし、徳之島に不時着する。知覧に戻り、その後、二度にわたって出撃命令を受けたが、六月は雨期。雨のため二度とも出撃が中止される。そして、六月二十三日、沖縄陥落で特攻作戦は中止となり、そのまま終戦を迎えた。

板津は大正十四年生まれ。しかし、張りのある声、背筋をのばして足早に歩く姿からは、八十歳とは到底思えない。館長を辞めた後も、時折、臨時解説員（語り部《べ》）をかってでては、見学者に特攻の真実を伝え続けている。

板津の〝語り〟は続く。

「この開聞岳、四月、五月頃は実に緑がまばゆくて、その傍らを通り抜けた隊員たちは、名残りを惜しみながら永遠に祖国と別れを告げて死出の旅路につきました。……当時、隊員たちは、内地はもとより中国、朝鮮、満州などから知覧に集結し、二、三日後にはこの地を離れ雲流るる沖縄の空に散華して行ったのです。両親や肉親に連絡をとって面会に来た時にはすでに出撃して行った後で、軍の秘密主義から我が子や兄弟がどこから飛んで来て、どの基地から出撃して行ったか、残された家族は知るよしもなかったのです」

板津のまわりにはいつしか幾重にも人垣ができ、戦争を知る者も、知らない者も熱心に耳を傾けている。

慰霊祭は、特攻平和観音堂前で行われる。すでに観音堂の前には大きなテントが張られ、全国各地から集まった遺族や戦友、少飛会、特操会、偕行社《かいこうしゃ》などの関係者で一杯だ。参列者は例年は千人余りだが、今回は千五百人にのぼったという。

五十回目を記念して改築された観音堂には、大和《やまと》法隆寺の秘仏（夢違観音）をかたどった金銅仏が安置され、その胎内には、沖縄作戦で特攻出撃し散華した千三十六人の英霊の名前が書かれた九・五四メートルの巻紙が納められている。沖縄作戦では、特攻機は知覧だけでなく万世（鹿児島県）や都城東（宮崎県）、菊池（熊本県）、太刀洗（福岡県）、石垣（沖縄県）、台中（台湾）など二十二の特攻基地から出撃、千三十六人が散華しており、特攻平和観音にはそのすべての英霊が祀られているのである。

慰霊祭が始まった。日本礼道小笠原《おがさわら》流鹿児島支部による献茶、鹿屋海上自衛隊の対潜哨戒機《しょうかいき》P3Cによる慰霊飛行、参列者全員の黙禱《もくとう》が行われ、読経の流れる中、遺族や関係団体の代表らがまず焼香を行い、追悼の言葉、遺族代表らの慰霊の言葉と続いた後、参列者全員が順次献花を捧《ささ》げる。観音堂へと向かう数段の石段を体をかばいながらあがっていく姿も少なくない。戦後六十年の歳月が、確実に流れていた。勇ましい飛行機乗りだった若者たちは老いていた。ある者は孫に同行され、あある者はこれで最後になるかもしれないと思いながらなんとか独りでやってきている。「加藤隼戦闘隊」と「同期の桜」を大合唱して、慰霊祭は終わった。途中でテントから雨漏りするほどの激しい雨が降ったが、慰霊祭が終わる頃には青空が戻っていた。

遺族たちは、出撃を控えた特攻隊員が、最後に寝食を共にした三角兵舎の跡地へと向かった。三角兵舎跡は旧飛行場跡から四百メートルほどのうっそうとした松林の中にある。ぽつんとひらけた小さな空き地のような場所に、三角兵舎跡記念碑と灯籠《とうろう》が建立され、碑には「このなみだ空しくたくわえてもらすときなし」と刻まれている。三角兵舎は当時、二棟あり、いずれも半地下式に造られていた。幅は五・五メートルほど、中央に通路があり、その両側が一段高い板の間になっており畳が敷かれていた。質素な小屋だ。一人当たりの広さは一畳ほどだろう。隊員たちはここで出撃命令を待つだけの日々を過ごしたのだ。

遺族を案内してきた板津が言う。

「当時の三角兵舎は、半地下式のバラック建てで、地面に三角形の屋根がかぶさっているようでした。空から見えないように樹木で偽装されていました。布団は全部絹夜具で中には羽根布団さえあったのです。知覧の人たちが夢を見る数もあと少ししかない特攻隊員のために、最後の夢をせめてあたたかくという思いやりから出してくださったと、感謝しております。兵舎内には二十人余りが寝起きしていました。出撃命令が出ると、兵舎内は緊張感がみなぎり、ある隊は経路の航法計画をたてたり、最後の便りをしたためている者や瞑想《めいそう》にふける者もいました」

板津の言葉はよどみなく続く。空気までが青緑色に染まっているような松林の静寂の中で目を閉じ、その声を聞いていると、出撃を間近に控えた特攻隊員の生活が目に浮かんだ。

原点に立ち戻る場所

知覧特攻平和会館には今では、一日平均千八百人、年間にすると七十万人以上もの人が訪れる。小、中、高校の修学旅行のコースにもなり、年間五百校以上が来館するという。

六代目館長の折田盛彦は、

「なかには修学旅行のコースからはずしている学校もありますが、北海道、青森、宮城、東京など全国の学校が来られます。子どもたちは、何かを感じるのでしょう。入館前と後の表情がみな大きく変わるのが印象的です」

と話した後、子どもたちの戦争に対する歴史認識をこう嘆いた。

「子どもたちは戦争についての知識はほとんどありません。『どうして負けるとわかっていて戦争をしたの？　戦争をしなければ特攻隊で戦死することもなかったのに……』『どこと戦争をしたの？』といった質問が必ず出ます。学校では、歴史教育で明治維新までは教えますが、それ以降の歴史はあまり教えていないのです。ですから、親もそうですが、戦争にいたった時代背景をほとんど知らないのです。質問に答える形で、わかりやすく説明すると、納得するようです。意図的に教えてこなかったことで、何か大切なものを積み残してきたように感じます。会館では、戦争を美化するのではなく、真実を伝えていくのが役割だと思っています」

現在、特攻平和会館には、板津のような〝語り部〟が三人常駐し、観光客らを相手に多い日で、一日五、六回、説明をしている。

その中の一人、八巻聡は、現在二十八歳。鹿児島県内の大学で航空工学を学んだ後、名古屋市内の飛行機の設計会社に勤めたが、五年で辞め、特攻平和会館に勤務。平成十五年八月から、〝語り部〟の仕事をしている。また、元特攻隊員から話を聞いたり、戦跡を調査したりして、特攻に関する情報を集めるのも仕事だ。

八巻が語りを担当するのは、修学旅行生や若い観光客が相手のことが多い。その時、八巻が若者たちを前に必ず読み上げる遺書がある。

昭和二十年四月三日に戦死した第二三振武隊の清水保三軍曹（二十三歳）が妹に宛てた手紙だ。

清子殿

兄は特別攻撃隊員として太平洋の防波堤になる為に征くことになった。

今迄《いままで》少しも兄らしい事もせずに許して呉《く》れ。

強く優しいそして朗らかにお母さんや姉さんの教を良く守って兄さんの分迄孝養を尽してくれ。

兄は常に大空より清子を守っている。
躰《からだ》の丈夫なのが何よりの孝行だ。病気にならない様に呉々も注意せよ。
桜咲く春には九段に居る。
勉強をおこたるなよ。
さようなら
三月二十七日
兄より
唯一人の妹に
（『魂魄の記録』）

若い八巻は戦争も特攻隊も知らない。だからこそこれからも努力を続け、特攻隊を見つめて、見極めたいという。会館に来るたくさんの戦争を知らない子どもたちに、特攻隊の真実を伝え、そして、生きることの尊さ、平和のありがたさを感じてもらいたい。そのために、清水軍曹の遺書を必ず読むことにしているのだ。

折田によると、大学生や高校生から、特攻平和会館で働きたいという問い合わせが増えているという。みな、特攻平和会館を訪れたことのある若者だ。「特攻隊に関心がある」「もっと勉強をしたい」というのが、その理由だ。

館内に備え付けられているノートには、外国も含め、全国各地から来館した、まさに老若男女の自由な感想が綴られている。開館から数えて数十冊を超えるこのノートをもとに特攻平和会館は、「平和へのみちしるべ」という冊子をまとめ、慰霊祭で遺族に配付した。

この遺品館はこれで四回目、だらけた自分を立て直すのにはここに来れば、また新たにやるぞと言う気持ちを奮い立たせてくれる。若くして国のために尊い命を捧げた激戦の中にあって、今の世はなんとパラダイスなんだろうと感じる。

この人たちの犠牲の上にあって今日があるのだということを垣間見た気がする。忘れてはならない後の世を信じて。（匿名）

ただ、悲しいとか気の毒だというのではなく、こういう人たちが送った人生というものを、歴史としてきちんと後世に受け継いでいかなくてはいけないと思う。戦争はいやだと人は言う。誰もがそうである。なのに、起こってしまうのが戦争なのだ。特攻隊員たちは、そうせざるを得ないしがらみに押されるように、死へと向かったのだと思う。隊員たちの手紙には、父母への感謝、家族を世話してゆけぬことへの詫《わ》び、残った者たちの健康、弟や妹たちへの勉強の勧め、今までの自分の幸福。それは、後の日本の人たちすべての人が、素直に心に入れることのできる言葉だと思う。こういった言葉を私達のものとし、日々の生活に良く反映させていくことが、隊員の歴史として後世に伝えるということであり、また、隊員への感謝となるのだと思う。（男性）

私は修学旅行に来る前に、両親と大ゲンカをして逃げるように、この修学旅行にきました。そして私は、こっちに来てからずっと親なんかいらない、死んでしまえばいいと馬鹿なことを考えていました。しかし、今日遺書を見ると両親の孝行のためにと書いてあるのを見て、初めて自分の考えた馬鹿なことを思い知りました。（修学旅行の中学生）

英霊の遺書にふれた。愛する人、子ども、父母を護《まも》るために、自らの命をかけられていた。英霊の心を偲《しの》ぶと心がふるえ涙がこぼれた。私が今、この豊かな日本で、幸せに暮らせるのは、私たちの世代を信じ、護るために命を使われた方々のおかげであると知った。遺書の中に次のようなものがあった。（原文は憶《おぼ》えていない）『もう何も恐れない。ただ、死を恐れる犬死を』我々のために命をかけられた人の死をむだにはしない。我々の世代が、英霊の願いに応《こた》え

るため、英霊の思いを受け止め生きていかねばならないと思った。（男性）

かわいそうなへいたいさんたちが、ぼくたちにがんばれ、がんばれといっているみたいです。とてもかわいそうでした。にどとこんなことをはじめないでほしい。（小学四年の男の子）

まだ十七歳くらいの少年でも命を自分ですてなければいけないなんて、今では信じられないくらいだ。自分から、突撃していくにはいろんな勇気がいると思う。本当にむごい話だ……。

平和会館である人の遺書を見た。そこにこう書いてあった。『今まで親孝行できなかった分、死んで親孝行してみせます』と。親からすれば、生きて帰って来てくれる事が最大の親孝行だろうに、その少年は特攻隊として出撃することを選んだのだ。でも、この少年だって、心の中ではきっとお母さんに甘えたくてたまらないと思う。その少年がこんな気持ちにまでならないといけなくなり、また、少年をこんな気持ちにさせてしまった戦争が、にくくてたまらない。（女性）

遺書に書かれていた母への思い、その他いろいろお世話になった方々への感謝の気持ち、どうしても言っておきたかったんでしょうね。

面と向かって言ってみたかったけれど言えなかった。せめて書面にぶっつけたい、なんかすごくよく分かります。今の人々は死と向き合っていないので感謝の心を忘れかけている。今からでも遅くない御世話になった方々に感謝の気持ちを直に伝えたい。（女性）

今日九州の旅で一番来たかったのは、ここ知覧だった。

此処《ここ》に来て本当に良かった。特攻隊の若者の写真を見ると皆すがすがしい顔をしている。今の若者にこんな風貌《ふうぼう》の人が何人いるか。かく言う私も二四歳。彼らと同年代になってしまった。

太平洋戦争について研究すればするほど、特攻で死んでいった若者がかわいそうでならない。彼らは七生報国を胸に死地に赴いた。私もあの当時の状況なら同じ事をするだろう。あの戦争について人はあれこれ言う。

しかし、国の為《ため》、日本の人々を守る為、自ら志願し空に飛び立った若人の清く澄んだ心、それだけは、尊び続けたい。それは、今平和を享受している我々日本人の責務ではないか。（二十四歳、男性）

年齢性別にかかわらず訪れた人の多くが平和のありがたさを知り、家族への愛情を感じ、感謝の気持ちを抱き、自らを戒める言葉を綴《つづ》っている。現代を生きる私たちが特攻隊を知るということは、どういうことなのか。それは、人間の原点に立ち戻ることなのかもしれない。

戦友の思いを伝える

知覧での慰霊祭から二週間後、愛知県犬山市の板津忠正の自宅を訪ねた。新名古屋駅から名鉄犬山線で二十分余り。犬山市は、木曾川の南岸にそそり立つ国宝・犬山城を中心に栄えた城下町だ。三百四十年の伝統を誇る木曾川の鵜飼《うか》いや日本ラインド下り、からくり展示館、明治村などでも知られる。

板津の自宅は、名鉄犬山駅から車で五分余りの住宅街の一角にある。遠く周囲を山に囲まれていて、その風景はどことなく知覧を思い出させる。

案内された離れの一階和室に入ると、壁一面にパネルが飾られていた。その中の一枚、十二人の特攻隊員が整列して別れの杯を交わしている写真を指して、

「この中に私がいるんです」

「…………」

「真ん中の一番背の低いのが私なんです」

昭和二十年五月二十八日、板津の所属する第二一三振武隊が出撃する直前の写真だった。

「出撃の日のことは鮮明に覚えています。三角兵舎から空を見上げると、木々の間からきれいな月が見えました。上官からは檄《げき》を飛ばされました。機体に月明かりがキラキラと反射していて、攻撃日和でした。上官の言葉を分析している余裕はありませんでした。出撃できることに感激していたので、とにかく早く戦場に行きたいという気持ちが先行していたんです」

写真を見つめながらしみじみと、続けた。

「当時、特操（特別操縦見習士官）に対して、特攻攻撃について『熱望する』『希望する』『希望しない』の三項目に分けてアンケートをとったことがあるのですが、『熱望する』と答えた中には、自分が死ななければ日本は本当に救われないのだと、信じている者もたくさんいました。当時の子どもたちはみんな、〝空〟にあこがれ、少年飛行兵に志願したものでした。特攻隊にもこぞって志願し、血書まで書いて志願した者もいたぐらいです。とにかく先を争っていましたから、十七、八歳の若い隊員の場合は、成績順で出撃の順番を決めていたのです。成績順で決めるとだれも文句を言えませんからね。私も『国のため、肉親のために死ねる』という満足感がありました。でも、結果として生き延びてしまった。必ず敵艦を轟沈《ごうちん》して靖国神社に集まろうと約束したのに、なぜ自分だけが生き延びてしまったのか――と悔やむ日が続きました。生き延びたという負い目は死ぬまで消えません。私だけでなく、出撃して戻ってきたものは肩身が狭く、いたたまれないのです。特攻隊員は生きているといかんのです。特攻隊員だったことは戦後、何年も人に話したことはありませんし、自分の子どもにも、特攻隊員だったことは話せませんでした」

十一人の僚友と知覧を出撃した板津は、四百キロほど進んだところで、それまで快調だったエンジンが突然、ブスッ、ブスッという音を出し始めたのに気付いた。沖縄の戦域まであと三十分足らずの地点だった。事態を察知した隊長の「基地に引き返せ」という合図を無視して、編隊に追従しようとしたが、エンジンの様子がおかしい。このままでは海没する。やむを得ず二百五十キロ爆弾を落とし、機体を軽くして知覧に引き返そうとしたが、まもなくエンジンは停止した。高度は千五百メートルだった。エンジンのスイッチを切り、海岸に向かって滑空、海岸に着地したが、その瞬間、脚が砂地に食い込み、機体は仰向けにひっくり返って止まった。エンジンのスイッチを切っていたことが幸いして、機体は炎上せず、九死に一生を得た。

戦後、特攻隊は片道の燃料しか積まずに出撃したと伝えられてきた。しかし、板津はこう続けた。

「特攻隊は、成功すれば当然片道の燃料だけしかいりません。しかし、天候が悪く敵の軍艦を発見できなければ帰投することになりますし、敵機に追撃された場合は、燃料の消費はいやが上にも増加します。

また、基地で丹念に特攻機の整備をしている整備員が、燃料はこれだけあれば充分だと言って、満タンにせずに送り出せると思いますか？　当時の整備員は、できれば自分も一緒に乗って行きたい心境でしたし、せめて燃料だけはだれが何と言おうとこっそりでも満タンにして送り出したい気持ちになっていました。

戦場に着き、特攻が成功すれば、片道の燃料だけですむということが戦後、一人歩きして、帰りの燃料は積まなかったと思われるようになったのです。片道燃料という説は、大きな誤りです」

靖国の戦友《とも》に遅れはとらじとて
我も散らなむ沖縄の沖

板津が出撃前に書き残した辞世の歌だ。今でこそ、当時の様子を笑顔で話すことができる板津だが、戦後、最初の五年間は、生き残ってしまったことへの悔恨と、生きることの重圧で何も手につかなかった。どれだけ詳しく話を聞いても、この間の板津の精神的な重圧とつらさは、文字にすることが追いつかないほどだ。

全国行脚の日々

復員した板津は、郷里の名古屋に引き揚げ、約二ヶ月かけて、愛知、長野、石川県の遺族を訪ねている。自分が生き残ったことを詫《わ》び、戦争の真実を語るためだった。

その後、名古屋市役所に勤め、すべてを忘れようと仕事に没頭したが、年月が経つに従って、全国の遺族を訪ね、出撃の様子を遺族に伝えながら、遺品や遺書を収集し、特攻隊の真実と悲惨さを伝え残そうと思い立つようになった。生き残った自らの〝宿命〟を悟ったからだというが、その背景には、戦後変化した社会の風潮も大きな理由としてあった。

「いつのまにかすっかり世の中が変わり、特攻隊に対しても、『特攻隊は犬死にだった』『無駄死にだった』とか『右翼思想を助長する』とかずいぶんと偏見が多く、戦争という文字までを抹殺することが自由主義だと考えられた。美化するつもりはないが、中には『殴られるのが嫌で志願した』と特攻隊員の心と死を冒瀆《ぼうとく》するようなことを平気で口にする人もいた。私にはそれが許せなかった。特攻隊の死は無駄ではなかったんですよ。特攻隊の死は崇高な死で、これを風化させてはいけない、それを後世に伝えなければ……と気付いたんです」

市役所では、区画整理事業を担当していたが、時間を見つけては、特攻隊員の正確な資料を集め、遺族に連絡をとることから始めた。ところが、連合軍の艦隊を肉弾攻撃した特攻隊員の身内だということがわかると、遺族にまで危害が及ぶのではと、終戦後、軍が特攻隊員の名簿を焼却してしまっていたのだ。戦後の混乱期で、各特攻基地からの出撃者の名簿も不十分で整理さえされていなかった。そこで、厚生省（当時）の戦没者名簿を唯一の手がかりに全国の遺族に葉書を書き続けた。

話を中断して腰を上げた板津は、特攻隊員の遺書や手紙などをまとめたファイルを取り出し、その中から一枚の葉書を見せてくれた。そこには小さな字が整然と隙間なく埋まっていた。封書にすると、便箋《びんせん》六、七枚にもなる分量だ。

突然お手紙をお出しすることをお赦《ゆる》し下さい。旧《ふる》い住所が判明致しましたので只々《ただただ》無事着く事を念じつつ書いております。私は元米子航空機乗員養成所出身の第二一三振武隊員として鹿児島県川辺郡知覧町の特攻基地より出撃しながら幸か不幸か生き長らえ、現在特攻ご遺族をさがし訪問したり文通をして当時の状況や現在の模様をお知らせしたりして亡き隊員の霊を慰めておるものです。

前田啓少尉が第二十三振武隊員として四月四日、塩島、柴本、豊崎、清水の五様（伍井隊長以下四様は四月一日出撃）は、知覧を午後三時半に離陸、特攻攻撃を行い散華《さんげ》されており、この模様は下志津の戦友、整備員、知覧住民よりおききで御承知かと存じますが、多くのご遺族は沖縄にて戦死は知っていても何処から飛んで来て、いずこから出撃して行ったのか全くご存知なく、またこの基地跡には特攻隊員の遺訓を後世に伝える為の遺品館や特攻平和観音、特攻銅像等が建立され、毎年五月三日、盛大に特攻戦没者慰霊祭をとり行われております。（私も必ず参列しております）。この事はテレビ、雑誌、新聞などによってきき及びかも知れませんが、この葉書に御返事下されば写真等にて詳しくお知らせ致します。私は単身にて特攻慰霊、調査、研究をしており、金銭的にはご迷惑をおかけ致しません。すでに第二十三振武隊全員の遺影と大橋治男曹長、清水保三軍曹の遺書も展示されております。御判読の上、御返事下され度《たく》、鶴首《かくしゅ》致しております。

これは、昭和二十年四月三日、第二三振武隊員として出撃、散華した前田啓少尉の父親に宛てた葉書だ。

先方に届いた時に少しでも興味をもってもらうため、手紙や葉書に貼《は》る切手の絵柄をその都度替える工夫をして、板津は同じような葉書を一年間に三百六十通も書いたという。これまでに、その数は数万通にものぼった。町村合併で住所が変わり戻ってきたものもあった。なかには「いまさら慰めは結構です。弟は帰ってきません」「二度と手紙をくれるな」……と、傷ついた気持ちが癒《いや》されていない遺族からの返事もあった。それでも、少なくとも返事をくれた遺族とは文通を続けた。隊員が、自分が特攻隊だということを家族に隠して出撃、散華したため、板津の葉書で初めて兄や息子が特攻隊員だったことを知る遺族もいた。

昭和五十四年、板津は定年を待たずに、名古屋市役所を辞め、全国行脚《あんぎや》を始めた。市役所ではすでに都市計画課の課長になっていた。定年まで勤めれば、老後は安泰だっただろう。しかし、寝食を忘れ、特攻隊員たちの遺品や遺書、写真などの収集に集中しようと思ったのだ。退職金はすべてこれに充てた。

「死んだ仲間の御霊が背中を押しているような気がしたんです。それに軍が特攻隊の行動を秘密にしていたので、息子や兄弟の出撃地や戦死日時すら知らない遺族も多く、みなさん、どこの基地から飛び立ったのかということや、戦死した時の様子を知りたがっていることに気が付いたのです」

北は北海道から南は九州まで、自分で車を運転して訪ねて回った。戦没者名簿だけが頼りだが、住所を替えた遺族も多い。そんな時は戸籍窓口で手がかりを探し求めたが、プライバシー保護のため教えることはできないと一蹴《いっしゅう》された。

名古屋市役所を退職した直後には、それまで遠くて回れなかった北海道の遺族三十四人を捜し出そうと、四十日かけて道内を車で走った。名簿を頼りに一軒一軒確認して回り、三十四人中三十人の遺族を捜し当てることができた。

「全部手弁当でしたよ。三年間で十万キロ。北海道を四十日で回った時は六千キロは走りましたね。今でも元気ですよ。体力には自信があるんです。知覧にも自分で車を運転して行きます。テニスで身体を鍛えているんです」

訪ねてみて初めて、息子が全員戦死して一家が断絶、仏壇をお寺に預けている遺族もいることがわかった。さらに、連合軍からの弾圧を恐れ、遺書や手紙などを焼いてしまった遺族も多かった。遺族を捜し当てると、無言で行った戦友たちの代わりに、遺言状を手渡すように、出撃前の様子などを詳細に伝えた。

遺族からは、遺書や絶筆、遺品などを借り、コピーをした。遺影はカメラに納めた。集めた写真は数百枚にのぼった。すべてをネガにして、また、遺書や手紙などはすべてコピーして、自宅に保管している。五年間で、集めた遺影の数は五百五十人分になった。ただ、出撃直前の部隊の写真は六割ぐらいしか集められなかった。というのは、特攻隊員たちは、日本全国や中国、朝鮮にある各飛行場から、特攻基地となった知覧や万世などに移動、そこから出撃して行ったが、出撃まで時間のなかった部隊は、集合写真を撮影する時間さえなかったのだ。

集めた遺品や遺影はすべて知覧の特攻平和会館の前身「特攻遺品館」に寄付した。そして、一通り全国行脚をした昭和五十九年、「特攻遺品館」の事務局長として、維持、管理、収集に携わった。昭和六十一年から六十二年にかけ現在の特攻平和会館が建設され、初代館長としてテープカットをした。特攻隊員の気持ちとその真実を広く伝えたかったからだ。

しかし、昭和六十三年六月、館長を突然、退職、遺影のない戦友の遺族を求めて、再び全国行脚に出る。

「平和会館が開館した当時、まだ、三百八十四人の遺影が見つからなかったのです。館内で見学者らに説明をしていると、写真がなく空白のままになっている隊員が『早く家族を捜してくれ』と私に訴えるんですよ。それに一緒に出撃した隊は同じところに展示してありますから、空白の隊員から『早くここを埋めてくれないと俺たち寂しいじゃないか。お前がやらないで、だれがやるんだ』と叱《しか》られているような気がして、いたたまれなかったんです。在職中、遺影収集も百三人まで追い込んだが、もう一度全国を回ろうと……」

六年後の平成六年、ようやく千三十六人全員の遺影がそろった。板津が自らに課した使命が達成された瞬間だ。終戦から四十九年、板津が名古屋市役所に勤務しなながら本格的に遺族との接触を始めてから二十年が経《た》っていた。訪ねた遺族の数は八百人を超えた。今では、千三十六人の名前と所属、そして遺書をそらんじることができる。

もし、板津が、元特攻隊員の責務として、特攻隊員の資料や遺品、遺書などの収集に奔走しなかったなら、特攻隊員の遺族は息子や兄弟、それに夫の最期の様子を知ることはできなかっただろう。さらに、私を含め戦争を知らない世代の者が、こうして特攻隊の歴史的事実に触れることはなかった。

段ボール箱に大切にしまってある戦友たちの遺書や遺品、絶筆などを取り出し、説明する板津の表情は明るい。知覧特攻平和会館で、見学者に説明している時と同じ表情だ。力強い言葉には、特攻攻撃で出撃し散華した特攻隊員が乗り移ったような気魄さえ感じる。

全国行脚の最中、生き残ったことで誹謗《ひぼう》中傷はなかったのかと聞くと、こう答えた。

「初めは不安でした。『今頃、何をしに来た』と言われるような気がして。でも、実際は、『よく来てくれた』とほとんどのご遺族が、我が子が帰ってきたかのように歓迎してくれました。もし、生きていたらこんなふうになっていたのかなあ……と、息子の姿と重ね合わせたのかもしれません。少しでも、我が子、兄弟のことを教えてくれという気持ちがひしひしと伝わってきました」

板津は近年、小学校をはじめ、校長会、ＰＴＡなどから講演に招かれることが多くなっている。その時のテーマは常に、〝人間の尊厳と命〟に決めている。当時の特攻隊の写真を見せながら、自分の体験を踏まえて語る気魄に満ちた板津の言葉に、参加者は圧倒され、改めて戦争の悲惨さと、特攻隊の意味を感じ取るという。

「平和会館の館長になった時は、〝特攻隊を美化する〟といって反発もありました。日教組による戦後歴史教育の影響で、修学旅行で平和会館に来ても、中に入ることはなかった。以前、平和会館に元特操のパイロットだったという先生が、生徒を引率して訪ねてきたことがあるのですが、遺品館に近づきさえしなかったのです。元特攻隊だとわかるといろいろと言われるからだと言っていました。そういう時代だったのです。でも、最近は変わってきました。修学旅行はもちろん、卒論に特攻隊を取り上げたいという大学生もいます。私も生き残りの恥に耐えてきた甲斐《かい》がありますす」

そして、こんなエピソードを聞かせてくれた。

数年前のことだ。鹿児島市内のホテルから、どう見てもだらしない服装の若者たちがタクシーで特攻平和会館にやってきた。運転手に対する態度は横柄で、平和会館に着いたあとも「待ってろ」の一言。運転手はその態度にあきれながらも、すぐに戻ってくるだろうと思っていたが、なかなか戻ってこない。数時間経って、ようやく戻ってくると様子が違った。

「御世話になります」

こう言いながら静かにタクシーに乗るのである。運転手は驚きながら、鹿児島市内まで案内すると、今度は「ありがとうございました」と言った。

この若者たちに興味を持った運転手は、翌日、その様子が気になりホテルをのぞいた。すると全員、長髪を切り、短髪に変身。身奇麗になっていたのだ。思わず声をかけて、理由を聞くと、特攻平和会館で特攻隊の遺書や遺品を見て、自分たちの言動が恥ずかしくなったのだという。

板津は一段と語気を強めてこう話した。

「平和会館は、特攻隊の真実を語るだけではなく自分を見つめなおす場所、改めて平和の意味を考える場所なんです。今の日本は平和過ぎるぐらいに平和なのに、社会はどこか殺伐としている。だから、なおさら（平和会館は）大切な場所なんです。それからもう一つ、忘れてはいけないことは、ご遺族のことです。現代の合理主義で言えば、戦後に決着をつけて未来を志向すべきでしょう。でもね、戦争の傷跡が消えないまま、戦後を過ごし、今なお、その傷が消えない人もたくさんいるのですよ。そのことは忘れないで欲しいし、そうした遺族の人たちのことも伝えていかなければいけないと思います」

板津は遺族との重要なパイプ役をも果たしているのだ。

送り出した者

特攻隊が最初に編制されたのは、フィリピン・レイテ湾沖海戦の昭和十九年十月二十日のことだ。フィリピンのマバラカット基地で、海兵第七十期の関行男大尉を指揮官に、第十期甲種飛行予科練習生を中心に二十三人が選ばれた。攻撃隊は「神風特別攻撃隊」と呼ばれ、「敷島隊」「大和隊」「朝日隊」「山桜隊」に区分された。それぞれの隊の名前は本居宣長《もとおりのりなが》の歌「しき島の　やまとごころを人とはば　朝日ににほふ山ざくら花」に因《ちな》んで命名された。

この四隊の結成を決断したのが、第一航空艦隊司令長官、大西瀧治郎中将。それぞれの隊の名前は本居宣長の歌に因んで命名された。陸軍も同月二十日、茨城県の鉾田《ほこた》教導飛行師団に「体当たり部隊」を編制するよう命令が下り、今西六郎飛行師団長が、翌二十一日、岩本益臣大尉を隊長とする十六人の特攻隊を編制している。

大西は特攻隊を編制した十月二十日午前十時、関大尉ら二十四人を集め次のように訓示をしている。

日本は正に危機である。しかも、この危機を救い得る者は、大臣でも大将でも軍令部総長でもない。もちろん自分のような長官でもない。それは諸子の如き純真にして気力に満ちた若い人びとのみである。従って自分は一億国民に代わり、皆にお願いする。どうか、成功を祈る。……皆は、すでに神である。神であるから欲望はないであろう、が、もしあるとすれば、それは自分の体当りが、無駄ではなかったか、どうか、それを知りたいことであろう。しかし皆は永い眠りに就くのであるから、残念ながら知ることも出来ないし、知らせることも出来ない。だが、自分はこれを見届けて必ず上聞に達するようにするから、そこは、安心して行ってくれ……しっかり頼む。

（『特別攻撃隊』特攻隊慰霊顕彰会編）

訓示を終えた大西は、隊員の一人ひとりと熱い握手を交わした、と同書は記しているが、訓示の要点はただ一つ、「国のために死んでくれ」ということだ。特攻隊の編制、そして隊員たちを見送る大西の心中はどうだったのか。当時、大西の副官で訓示に立ち会った門司親徳は、自著『回想の大西瀧治郎』で、こう振り返っている。

前に置かれた木箱の上に大西中将が立つと、玉井副長が、『敬礼』と号令をかけた。飛行服に飛行帽の搭乗員が、いっせいに大西中将に注目し、挙手の敬礼をした。侍立しているのは、玉井副長のほか、猪口参謀と稲垣浩邦カメラマンと私の四人であった。大西中将は、敬礼を受けると、整列している隊員をゆっくりと見回してから、重い口調で話しはじめた。原稿のない中将の言葉は、空中に消えてしまって、正確な記録はない……はじめは普通であったが、訓示が進むにつれ、大西中将の身体は小刻みに震え、その顔が蒼白《あおじろ》くひきつったようになった。見ていても異様な姿であった。訓示を聞いていて、私は、眼の底がうずいたが、涙は出なかった。甘い感激や感傷ではなく、もっと行くところまで行った突き詰めた感じであった。稲垣カメラマンは、撮影をとめられたのか、動くことができなかったのか、映画もとらず、直立して訓示を聞いていた。チグハグな違和感が感じられず、純一な雰囲気であったのは、大西中将が自分は生き残って特攻隊員だけを死なせる気持ちがなかったからにちがいない。はっきりした言葉には出なかったが、それは私にも分かったし、搭乗員にはもっと敏感に伝わったようである。命ずる方と命ぜられる方にズレがなかった……訓示を終わった大西中将は、木の箱から降りて、端の方から一人一人の手を握って歩いた。搭乗員たちは、ちょっと固くなったり、はにかんだような顔をしたりして手を出していた。中将の握手は一人一人に時間をかけて丁寧であった。

この若者は、もうすぐ死んでくれるのだ——顔を見つめ、そういう想いを自分に言い聞かせるような姿であった。侍立している私たちは、じっと見ていた。そうしているうちに、大西中将と特攻隊員は、私にとって、何か別世界の人間になったように思われた。

大西は、門司の予感通り、終戦の翌日、昭和二十年八月十六日未明、東京・南平台の官舎で割腹自殺、その際、散華《さんげ》していった特攻隊員たちの苦しみを思い、介《かい》錯《しゃく》を拒否したという。大西は、次のような遺書と辞世の句を残している。

遺書
　特攻隊の英霊に曰《もう》す
善く戦いたり深謝す
最後の勝利を信じつつ
肉弾として散華せり
然《しか》れ共《ども》其の信念は
遂に達成し得ざるに到れり
吾死をもって旧部下の

英霊と其の遺族に謝せんとす
次に一般青壮年に告ぐ
我が死にして軽挙は
利敵行為なるを思い
聖旨に副《そ》い奉り
自重忍苦するの誡《いましめ》とも
ならば幸なり
隠忍するとも日本人たるの
矜持《きょうじ》を失う勿《なか》れ
諸子は国の宝なり
平時に処し猶《なお》よ克く
特攻精神を堅持し
日本民族の福祉と
世界人類平和の為
最善を尽せよ

すがすがし　爆風のあとに　月清し

海軍中将　大西瀧治郎

為　淑恵殿　　　　　　　　瀧治郎

指揮官として

フィリピンでの航空作戦を指揮、神風特別攻撃隊を編制して特攻攻撃の口火を切った大西。本人は自刃しているため、その本心を確かめることはできない。しかし、若い特攻隊員たちを送り出した大西の、そして大西と同様、副官として多くの特攻隊員を見送った門司の思いはどうだったのか。残された遺族の心中を思うと、指揮官たちの本心を知りたい。私は、門司を訪ねた。

ＪＲ大磯《おおいそ》駅から十分ほど行くと緑に囲まれた閑静な住宅街に出る。歩いていると、どこからかウグイスのさえずりが聞こえてくるような場所だ。門司がこの地に住み始めて二十年になる。七年前に妻を亡くし、今は一人暮らしだ。

八十六歳になると聞いていたため、インタビューが可能なものか、一抹の不安を抱えながらうかがったのだが、お目にかかって驚いた。矍鑠《かくしゃく》として、到底八十六歳には見えない。元軍人らしく言動がきびきびしている。

二階の書斎に案内されると、特攻隊や大東亜戦争に関する書籍が山積みにされている。

門司はロッキングチェアーに腰をかけ、窓から遠くに見える山並みに目をやりながら静かに話し始めた。

「大西長官は特攻隊員を見送るたびに死んで行ったようなものでした。一緒についていってやりたい。最初の特攻攻撃の時からそんな気持ちでした。出撃する隊員一人ひとりと握手をする時も、じっと目を見つめていました。そんな姿を見ていて、長官も気持ちの上では、一緒に死ぬんだという印象を感じました。特攻隊員と一緒に何回も何回も死んだのです。ただ、俺もあとから行くとか、お前たちばかりを死なせないというような言葉を口にしたことはありません。若い人たちを煽動《せんどう》するような言動は極力抑えていたのです」

終戦時、門司は、大西の自決を台湾の司令部で知った。その時、悲壮感も悲惨な感想も持たず、大西は十分に生きたのだと感じたという。

門司は続ける。

「大西長官が軍刀で自刃したのか、ピストルで自決したのかさえわからなかったし、終戦の決定にあたって、どういう行動をとったのかも知る由はなかった。ただ、特攻隊員との約束を守って自決したのだということだけは理解できました。長官に対する見方は毀誉褒貶《きよほうへん》がありますが、根が優しいから部下の後を追って自決したのです。優しくなければ自決なんかしません。責任感だけでは自決はしません。遺書にも出ていますが、国のために命を捨てる若者を日本の宝と思っていたのです」

門司はこれまで刊行された特攻隊関連の本の書名を挙げては、「この本は間違えている」「これは真実に近い」と論評していった。驚くほど記憶ははっきりしている。

「『特攻攻撃をやめよう』と進言する人はいなかったのでしょうか」

思わずこんな質問をした。一笑に付されるかと思った。門司は一瞬目をそらしたが、記憶の糸をたぐり寄せるように、言葉を選びながら答えた。

「特攻攻撃の最初の目的は、レイテ沖海戦で、栗田艦隊を掩護《えんご》することでした。ところが、関大尉の率いる敷島隊が戦果をあげたため、限定的な作戦から変更されたのです。特攻攻撃を続けることで勝てるとは思わなかったが、負けないという確信があったからです。中枢部の考え方としては、戦争をどう処理するかが重要な案件になっていったのです。サイパンをとられ、各島が玉砕して行く中で、本土決戦になればアメリカは大きな被害を受けるということをアピールする必要があった。だから、訓示などはすべてアメリカを意識したものでした。結論から言うと、特攻攻撃が戦争の終結にむすびついたと思います。

特攻作戦の継続については、参謀の中には進言した者もいたかもしれませんが、私のような立場では、『そろそろ（特攻攻撃を）やめたらいかがですか』なんてことは言えなかった。ただ、フィリピンから台湾に移動した後、散歩している最中に

『お前は（特攻攻撃を）どう思う』と聞かれたことがあるような気がします。その時、長官は『棺《かん》を蓋《おお》うて定まる、とか、百年の後に知己を得る、というが、己のやったことは、棺を蓋うても定まらず、百年の後にも知己を得ないかも知れんな』と言ったのです。職業軍人でない私に、ちょっとだけ心境を漏らされたのでしょうけど、私だけが聞いた大事な言葉だと受け止めています。長官の言いたかったことは、人に理解してもらおうとすると、指揮官の決断は生ぬるくなるでしょうが、かといって、強引にどんな命令を下してもかまわないというものではない。長官は自分のやったことを、これでよいのかと、自問自答しながら、人にわかってもらえなくても仕方がないと、自分に言い聞かせていたのだと思います」

門司は昭和十二年、東京大学経済学部を卒業後、日本興業銀行に入行。同年、第六期短期現役主計科士官として海軍主計中尉に任官、昭和十六年十二月八日の真珠湾攻撃では「瑞鶴《ずいかく》」の乗組員として参戦、出撃する兵士を見送っている。今でも、真珠湾攻撃と特攻作戦が重なることがあるが、特に出撃する特攻隊員の姿は瞼《まぶた》に焼き付いている。

「真珠湾攻撃の時も出撃する兵士を見送ったが、その時は甘い感激があった。でも、特攻隊は、生きては二度と戻らない〝必死隊〟だから、感じ方が全く違いました。涙は出なかったが、胸がキューーッと締め付けられるような気持ちがしたのです。言葉ではうまく表現できません。特攻隊員は、見送られる時は、離陸するのに一生懸命でした。だから情けない顔をしている余裕はないし、それに、みんな、飛び立つ時にはすでに悟っているのです。私は司令部にいたから現場のことは知らないし、特攻隊員との直接的な付き合いはありませんでしたが、中にはわざと不時着して帰還した隊員もいたでしょう。普通の徴兵でも脱走する兵士がいたわけですから、いろいろな特攻隊員がいてもおかしくありません。だれも責められません」

台湾で終戦を迎えた門司は、戦後、日本興業銀行に復職、戦後復興にその後の人生を捧げた。門司との数時間の中で、最後の一言が私の記憶に強く刻み込まれた。

「大西長官の遺書の後半を読み返してみると、徹底抗戦の主張が一転して軽挙は慎めといい、特攻隊に送り出した同じ若い人たちに、『諸子は国の宝なり』と呼びかけ、後事を託している。平時において特攻隊のような自己犠牲の精神を持ち続け、世界平和のため最善を尽くすようにと願っているのです。国の宝であった若い人たちを特攻攻撃に送り出した痛恨の想いの中で、長官は、死を目前にして、もっとも平和を望んでいたのかもしれません」

大西は次のような辞世の句を残している。

これでよし　百万年の仮寝かな

門司は言った。

「『これでよし』とは一体何を指すのか。意味深長のように感じるが、その意味を理解するのが私の役目です」

門司は戦後、七十七歳になるまで、フィリピンをはじめ太平洋各地に慰霊巡拝の旅を続け、毎年十月二十五日の神風忌慰霊法要には健康が許す限り参加している。

残された者

昭和十九年十月二十日、関行男大尉らの神風特別攻撃隊が結成されて以降、翌二十年八月十五日の終戦直前まで、陸・海軍による特攻攻撃は日常的に続けられた。財団法人特攻隊戦没者慰霊平和祈念協会（菅原道熙理事長）によると、特攻作戦で散華した隊員の数は陸軍と海軍を合わせて四千七百四十三人。このうち航空特攻で散華したのは陸軍が千三百三十七人で、海軍は二千五百十二人にのぼっている。

知覧の特攻平和会館や東京・靖国神社の歴史博物館「遊就館」——。そこには、親兄弟、妻子、婚約者ら、かけがえのない存在への思いを封印し任務を全うした特攻隊員たちの切実な思いが残されている。

特攻隊員については、時代の中で洗脳されて死んでいったという考え方をする者もいる。しかし、私は決してそれだけではないと確信する。先に征《ゆ》くことを詫《わ》び、国家のために自分の人生を賭《か》ける。愛するものを守るためには、国家に殉じることが唯一の手段だったのだ。出撃して行った隊員たちは、そこに特攻攻撃の意味を見《み》出《いだ》していたのではないだろうか。

明星大学教授の小堀桂一郎は『靖国神社と日本人』の中でこう記している。

山岡荘八の「この戦争に勝てると思っているのか」「負けても（自分の犠牲の死に）悔いはないのか」の質問に対する、西田高光中尉（死後少佐）の答えだ。

学鷲《がくわし》は一応インテリです。そう簡単に勝てるなどとは思っていません。しかし負けたとしても、そのあとはどうなるのです……おわかりでしょう。われわれの生命は講和の条件にも、その後の日本人の運命にもつながっていますよ。そう、民族の誇りに……

そして、

作戦上の効果を論ずるとしたら、それ自体すでに功利的観点に立って物を見ることになるわけだが、特攻出撃は夙《つと》に功利の観点を超え出たところに成り立つ発想の所産だった。西田少佐の言葉の中で〈講和の条件にも〉つながると見ているのはこの青年の冷静な知性を窺《うかが》わせ、敬服に値する。だが畢竟《ひっきょう》、重要なのは、敗戦必至としても〈その後の日本人の運命〉にひびく深刻な意味が『特攻』にはこもっているという、この一事である。つまり、『誇り』高き敗北を可能ならしむるか否か、の問題である。そして現実に特攻死は誇るべき死であった。

では、手塩にかけて育てた我が子を特攻隊員として見送った親の気持ちはいかばかりだったろう。特攻隊の場合、遺骨が家族の手元に戻ることはない。出撃場所や戦死した正確な場所はもちろんのこと、戦死した状況もわからない。親として、どんなに複雑な心境だったか――。

特攻隊員は「軍神」とあがめられた。「軍神」とあがめられた子どもは、もはや自分だけのものではない。親にとっては、国家のために命を捧げ、国家に貢献したと、自分を納得させるほかなかったのだ。

妻もまた、軍神の妻として、泣き叫ぶわけにはいかない。自分の感情を殺し、微動だにせず夫の出撃を見送った妻がどれだけいたことか。

としている。

しかし、それでも、軍神としてあがめられている間はまだよかったのだ。

戦後、アメリカによる占領政策で、徹底した武装解除を強いられ、しかも、連合国主導の「極東国際軍事裁判」(東京裁判)では、一方的に、日本による侵略戦争だったと決めつけられ、日本軍の残虐行為と言われるもののほとんどが、証拠のないまま確定された。これは、アメリカが日本の占領政策を円滑に進めるために、諸悪の根源は日本の軍部と政府であった、と知らせる意図からきたものだったことはすでに定説になっている。同時に導入されたアメリカ型民主主義の影響で日本社会が大きく変貌《へんぼう》するに従って、戦前の体制を批判する声が強まっていった。

日本人の精神的武装解除計画の中で、日本軍将兵の激しい敢闘精神の根源を打ち砕くため、マッカーサーやGHQが実行しようとしたのが靖国神社の焼却処分計画である。靖国神社を焼却することで、日本人の抵抗心を完膚なきものにしようとしたのだ。

しかし、GHQもこの計画には躊躇《ちゅうちょ》し、終戦直後から昭和二十七年まで日本駐在のローマ教皇庁代表でヴァチカン代理公使を務めていたイエズス会のブルーノ・ビッター神父に教皇庁の統一見解を打診する。神父からの答申は次のようなものだった。

自然の法に基づいて考えると、いかなる国家も、その国家のために死んだ人びとに対して、敬意をはらう権利と義務があるといえる。それは、戦勝国か、敗戦国かを問わず、平等の真理でなければならない。無名戦士の墓を想起すれば、以上のことは自然に理解出来るはずである。

もし、靖国神社を焼き払ったとすれば、その行為は、米軍の歴史にとって不名誉きわまる汚点となって残ることであろう。歴史はそのような行為を理解しないにちがいない。はっきりいって、靖国神社を焼却する事は、米軍の占領政策と相容《い》れない犯罪行為である。

靖国神社が国家神道の中枢で、誤った国家主義の根元であるというなら、排すべきは国家神道という制度であり、靖国神社ではない。我々は、信仰の自由が完全に認められ、神道・仏教・キリスト教・ユダヤ教など、いかなる宗教を信仰するものであろうと、国家のために死んだものは、すべて靖国神社にその霊をまつられるようにすることを、進言するものである。

これを受けて、靖国神社の焼却処分は中止されたという。

東京裁判については、インドのラダ・ビノード・パル判事は「この裁判は日本が侵略をしたかどうかを審議するのではなく、最初から侵略戦争をしたという前提に基づいて審議し、大衆の心を支配しようとした」と批判、さらに「検察側の言う日本の侵略戦争の歩みは歴史の偽造」とまで断言している。

また、侵略戦争と決め付けられた大東亜戦争については、連合国軍最高司令官のダグラス・マッカーサーが昭和二十六年のアメリカ上院議会軍事外交合同委員会で「日本が戦争に飛び込んでいった動機は、大部分は安全保障の必要に迫られたものだった」と証言、侵略ではなく、自存自衛のための戦いだったと認めているのである。

しかし、当時は、パル判事のような評価はかき消され、靖国神社の焼却処分計画に代表されるように、アメリカから強引に押し付けられた価値観に基づく社会変化とともに、大東亜戦争は侵略戦争とされ、国家のために死んでいった英霊に対する尊敬の念も薄れ、特攻隊に対する見方も百八十度変わって行ったのである。

自身、特攻要員でもあった作家の神坂次郎は『特攻——還らざる若者たちへの鎮魂歌』の中で、

敗戦後、アメリカ占領軍下の日本人は醜く変貌する。いち早く日の丸を捨てて星条旗を振った変り身のあざやかな男たちの中には、占領軍のマッカーサー元帥のもとに、「マッカーサー神社を建てたい」「日本をアメリカの州に加えて欲

しい」などと手紙を送りつけた者もいた。（中略）こうした軽薄さは時世時節としても、赦《ゆる》せなかったのは、敗戦の八月十五日以降、新聞やラジオや民衆までもが掌《てのひら》を返し、祖国の難を救うと信じ特攻に赴いた若者たちを罵倒《ばとう》したことであった。

と述べ、昭和十九年十一月二十七日、マニラ基地から出撃、レイテ湾内の敵艦船に突入、散華《さんげ》した八紘《はっこう》隊の善家善四郎少尉の妹、田辺さだ子の追懐を紹介している。さだ子はこう述べている。

敗戦後、心ない人に特攻隊は国賊だなどと言われました折、母と私は抱き合って号泣いたしました。あまりにも無残な言葉でした。（中略）戦争中、母は空襲のサイレンの中、兄の勲章や、記事が載った新聞を大事に小さなトランクに入れて、背負って逃げ回りました。それが今、わずかな兄のかたみになりました。母は何かというと、それを取出して眺め、〝これが善四郎だ〟と申して涙を流しておりました。

特攻隊員だった板津忠正も、「いつしか、『特攻隊は犬死にだった』と言う者も現われ、世間の特攻隊を見る目が大きく変わっていった」という。

特攻隊に対する世論の変遷は、当時の新聞などからも読み取れる。

関大尉らが特攻隊の第一号として出撃、散華した直後の昭和十九年十月二十九日付けの朝日新聞は一面で、

身をもって神風となり、皇国悠久の大義に生きる神風特別攻撃隊五神鷲の壮挙は、戦局の帰趨《きすう》破れんとする決戦段階に帰して身を捨てて国を救わんとする皇軍の精粋である。愛機に特別爆装し機、身もろ共敵艦に爆砕する必死必中の戦法は絶対に帰還を予期せざる捨身の戦法であり、皇軍の燦然《さんぜん》たる伝統の流れを汲《く》み、旅順閉塞《へいそく》隊あるいは今次聖戦劈頭における真珠湾特別攻撃隊に伝わる流れに出でてさらに崇高の極地に達したものである、殊に神風隊はかねて決戦に殉せんことを期して隊を編成し、護国の神と散る日を覚悟して猛訓練を積んだものである、勢いに余って死するは或は易い、しかし平常死する日を期してひたすらその日のために訓練を励むがごとき、果して神ならざるもののなしうるところであろうか、さらに同隊には必中機隊の他にこれを護衛し、かつ戦果を確認する任務をもつ誘導護衛機隊があり、これらが一隊をなす編成を持っている点にまた中外の決死隊の前例に比類を見ないものである。

台湾沖海戦以来今次の決戦で数知れぬ荒鷲が体当たりをとげた、一機をもって一艦を必殺する戦法は敵を震駭《しんがい》せしめている、先には航空戦隊司令官有馬少将の体当たりがあった、有馬少将は基地進発に当たって、機に搭乗する際胸間に勲章を飾り、儀礼を正し、出発前既に体当たり戦死の覚悟を見せていたという、われわれはこれらの事例、殊に今回の神風隊の壮絶な最期を思う時、この神鷲達の覚悟はまた前線全将兵の覚悟そのものに外ならないことを知るのである、今次決戦は勝敗の趨勢《すうせい》を決するものである、この重大決戦に臨んで前線将兵はことごとく生還を期せざる覚悟を固めているのである。戦争の事態はこゝまで切迫していることをわれ〳〵は改めて心にかみしめねばならない。

神風隊の必中隊を指揮し、この壮挙を命令する上官の心事に想到するとき、指揮官の胸中にも敵艦に体当りするため還らざる進発をなしてゆく神鷲と同じ心境が流れているのである、指揮官もその部隊を編成し、訓練している当時から一度び征途に上っては再び家郷を望まざる固い決意が潜んでいるのである。

と報じ、社説では特攻攻撃をこう評価している。

噫《ああ》忠烈

神機に投じた決戦の数々であった。敵撃砕の燦然たる戦績がここに生まれた。しかも、陸海空の全軍、粛然として驕《おご》らずと聞く。敵また襲いなば我再び撃滅せんのみと、戦意いよいよ堅しと云う。宜《うべ》なり、昨日の決戦は今日の決戦につづき、今日の決戦は明日の決戦につながるが故である。けれども前線将士力戦奮闘の忠勇義烈に対しては、昨も今も、ひたすら心奥の肝銘、満腔《まんこう》の感謝を捧《ささ》げずにはおれぬ。ましてや、神風特別攻撃隊敷島隊員に対する連合艦隊司令長官の布告に接しては、われら万感切々として迫り、この神鷲忠烈の英霊に合掌、拝跪《はいき》すべきを知るのみ。

それは必死必中の、さらにまた必殺の戦闘精神である。征戦は、これをもって勝ち抜く。神州はこれによって護持される。忠誠洵《まこと》に『万世に燦』たるものがある。謹んで、生還を期せざる烈士の高風を仰ぎたい。いな征いて帰らざるを予て心魂に徹したる神鷲の崇高さに、ひしひしと全身を全霊をみそぎはらいせらるる思いである。清澄無比、透明の極致である。聖慮、神意へのひたぶるな帰一の境涯である。関大尉等五勇士の雄魂は、これによって驕慢《きょうまん》なる敵戦力を挫《くじ》いた。邪悪なる敵の非望をも斬った。まずおのれに克《か》ち、妄想を絶ち得たからである。かくてこそ、この大御戦は必ず勝つ。この殊勲、この精神にわれらは勝機を見た。

しかし、こうした特攻隊に対する熱狂的な賛美が終戦と同時に影をひそめ、遺族を取り巻く環境も一変したのである。

関大尉の母、サカエの場合も例外ではなかった。

関大尉の戦死当時は、海軍中佐として正六位に叙せられ功三級金鵄《きんし》勲章を授けられ四百一円の一時金が支給された。遺族年金もつき一人暮らしには十分だったが、旧軍解隊とともに軍人恩給が廃止となり、収入が閉ざされてしまったのだ。「軍神の母」はいつしか「戦争協力者の母」と批判され、訪れる人もなく、自活するため、草餅《くさもち》を作って町や村に売り歩いた。そんな姿に同情した小学校の女性教師が、愛媛県と西条市に、旧兵舎小屋の払い下げの懇願書を出したが、時代の流れは非情である。愛媛県からも西条市からも返事はなく、結局、この陳情は黙殺された。サカエはその後、山間部の小学校に住み込みで働くようになったが、昭和二十八年十一月、五十五歳で亡くなった。

旧軍人に対する恩給復活法案が国会に上程されたのはこの年の六月。八月には可決され、

「私にも（遺族）年金が下りることになったんよ。これで、私も老後の心配せんでもようなる」

とうれしそうに話していた矢先の死だった。

サカエは、「軍神の母」と崇《あが》められていた当時、人前では涙ひとつこぼすことはなく、見舞い客に対しても笑顔で応《こた》えていたが、関大尉の友達の前では、

「西条の人たちは行男のことを、軍神、軍神と騒いでくれとるけど、私は生きていてほしかった。こんな姿になってしもうて。どうしてこんな姿に……」

と、畳に手をついて号泣したという。

敗戦と同時に、サカエの人生は翻弄《ほんろう》され、息子を失った悲しみとともに、歴史の中に埋もれてしまったのだ。

国家のため、家族のために出撃して行った特攻隊。彼らの深い思いに、我々はどこまで応えることができただろうか。彼らの熱い思い、そして歴史に翻弄された特攻隊の家族らの真の思いを、決して風化させてはいけないと改めて思うのである。

あとがき

「有事の際、国のために死ねるか」

常にこの質問を自分に問いかけながら、本稿を書き進めた。そして、自分にこう問いかけると、「もちろん」とは即答できない自分がいることに気付くことになった。国家危急の際には、周りの環境に背中を押されるように、決断するだろうが、果たして、自ら進んで一歩を前に踏み出すことができるだろうか。

本稿では、特攻隊員の妻や子ども、そして親、婚約者を思う気持ち、そして残された家族らの戦後に焦点を絞った。いずれも陸軍の特攻隊だが、周知のとおり、海軍でも多くの若者が特攻隊員として出撃、散華している。

昭和二十年四月二十八日、神風特別攻撃隊「第三草薙《くさなぎ》隊」の隊員として九九式艦上爆撃機に搭乗、鹿児島県の第二国分《こくぶ》基地から出撃、沖縄周辺洋上で戦死した宮内栄《さかえ》少尉候補生もその一人だ。二十二歳だった。

出撃前の四月二十七日の日記には、

特攻隊出撃に際して兎角《とかく》死ぬことを考えがちだ。これは大いなる誤りである。我々の眼前には「死」と云うことは毛頭ない。任務遂行の唯《ただ》一字あるのみで有るから、死に行くことではなく敵撃滅に出発するのである。

目的は敵艦船の轟沈《ごうちん》に有り我々の一挙手一投足は今後の作戦に関係し国の運命にかかわる。これを思えばこの五尺の肉体がどうなろうと全く問題にはならぬ。翼を撫《な》で爆弾をさすりながらどうか無事に敵艦まで一緒に行って呉《く》れるよう心からいのる。一時の興奮にかられて征くことは搭乗員たるべきもののなすべきことではない。

火達磨《ひだるま》となって最後まで死力をつくして突込むのだ。あと二時間足らずでいよいよ発進だ。整備員もよくやって呉れた。

感激の外はない。

この〃すまぬ〃と云《い》う気持ちこそ、とりもなおさずどうしても敵をやっつけて見せると云う猛烈な決意に変ってくるのだ。

よーし元気で征《ゆ》こうぞ。

（愛機点検後の十二時過ぎに掩体壕にて記す）

と記されている。紆余曲折《うよきよくせつ》はあったろうが、見事な覚悟ではないか。到底、私には真似の出来ることではない。

宮内栄は大正十一年十月十七日、どぶろく祭りで知られる茨城県行方《なめがた》郡麻生《あそう》町で生まれた。

出撃前、両親には、

父上様、母上様　栄はこれから出撃します。我儘《わがまま》な私を立派に成育して下さいまして、而《しか》も帝国海軍航空隊員となり今回栄ある神風特別攻撃隊第二次草薙隊として出撃出来る様になりましたのも、皆父上母上の御蔭《おかげ》と栄は有難涙を流して居ります。必ず御期待にそむかず、敵を撃滅して日本の国を護《まも》ります。近くの山に咲く桜花は栄の立派な生れ変った姿です。

幼くして出郷する時母上から受けた教訓は立派に実行して来ました。酒と女でしたね。今迄《いままで》酒は少しやりましたが女は全然知りませんでした。今となっては何も思い残す事はありません。只《ただ》日本の必勝のみであります。（中略）

折がありましたら靖国神社で待って居りますから面会に来て下さい。土産物《みやげ》はいりません。栄も名古屋へ来てから今迄殿様の様な生活をして来ました。食べたいものも食べました。勿体《もったい》ない位でした。沖縄が私の最后《さいご》の場所です。

昨晩最后の夢を挙母《ころも》町のきらく亭で見ましたが、矢張り父上様と母上様の夢でした。
くだらない事を書いて全く女々《めめ》しい様ですが御許し下さい。では皆々様の御健康を祈って出発します。

昭和二十年四月十三日

栄より

父上様
母上様
御膝《しっか》下

宛名のある封書は、それぞれ切手を貼《は》って郵送して下さい

という遺書を、そして二人の妹、みつ子ととし子には、

元気の事と思う。兄も至って元気に今度神風特攻隊第二次草薙隊員となって征くことになった。男子の本懐之《これ》に過ぎるものはない。お前等も元気で国の為《ため》に尽くせ。兄は何時《いつ》も靖国神社でお前達の奮闘を見ているぞ。日の丸鉢巻きをしめて出撃して征く勇壮なる姿見せてやりたいな。兄は必ず敵空母に突入して見せる。期待して居れ。もう何も言う事はない只元気で一生懸命国の為に頑張れ、至誠こそは進むべき目標だ。

昭和二十年四月十三日

兄より

妹へ

と言い残している。

両親への遺書にある「近くの山に咲く桜花」は、宮内が出撃した頃は小さかったが、家族が「兄さん桜」と名付けて肥料をやりながら大切に育て、今では直径四十センチもの立派な姿になった。毎年春になると満開の花びらをつけるという。

宮内は中央大学出身。高等文官になり、国家のために働くことを夢見ていた。ところが、大学二年生の時に予備学生として学徒出陣する。

妹の直井みつ子は話す。

「当時の日本人はみんな日本のために何かをしないといけないと思っていました。特に兄はその意識が強く、だから高等文官を目指したのだと思います。学徒出陣により目標が砕かれた時のショックは大きかったと思います」

みつ子は宮内とは四歳違い。宮内が特攻出撃した時は十八歳だった。戦後六十年が経った今でも、自分の部屋に宮内の軍服姿の写真を飾り、毎朝、毎晩、お祈りをし、就寝前には、その日の出来事を写真の兄に報告している。写真は六月からは白い軍服姿のもの、十月からは特攻隊として出撃する直前の写真に替える。

両親が命名した名は「みつ」だったが、宮内が残した遺書に「みつ子」と書かれていたため、「みつ子」に改名した。

「兄は『冷静沈着』の言葉を愛していました。そんな兄でも〝死〟が目前に迫った時、やはり動揺をかくせなかったのではないか……と思います。その兄の気持ちを尊重して改名したのです」

すでに他界した父親の幹春は、元町会議員。母親のはなは敬神婦人会の世話役をしていた。

「当時は国を挙げて特攻隊を称えていました。身内に特攻隊がいるということは最高の誇りだったんです。だから、兄が学徒出陣で特攻隊として出撃した時は、両親も家族も誇りでした。近所の人たちや町役場の人たちからも『たいしたものだ』と賞賛されました。戦死した時には、父親は『名誉なことなのだから、女々しくしてはいけない。涙を見せてはいけない』と毅然《きぜん》とした態度でいました」

はなは、幹春の言葉通り人前では毅然としていた。しかし、風呂場《ふろば》では、人目を忍んで度々涙を流していたという。

「『折がありましたら靖国神社で待って居りますから面会に来て下さい』という遺書に応えて百回近く母と靖国神社にお参りしましたが、『ああ勿体無い。こんな立派な御社に御祀《まつ》りいただいて……』と、いつも涙を流して合掌していました。母の亡き後は、『永代命日祭』に、毎年、妹のとし子と子ども、孫たちと一緒に参列しています」

葬儀は町をあげての町葬だった。棺の中には「俺が死んだら入れてくれ」と送ってきた爪《つめ》と髪の毛を入れた。自宅から墓までの約一・五キロ、さらしに「宮内栄の霊」と書いたのぼりが何本も立った。町の有志はもちろん、小、中学生ら集落の人たちのほとんどが集まり、行列が引きもきらなかった。

戦後六十年が経ち、みつ子は最近こう考えるようになった。

「初めは誇りでした。でも、年月が経《た》つに従って、なぜ死んだんだろう？　と思うようになりました。特に全国七ヶ所の慰霊祭などで、生き残った人たちが、『優秀なのから征って、俺たちは残っちゃったんだよな……』と話すのを何度も聞く度に、『生きていてくれたら――』と、いつも思うようになりました。両親も外面では強がっていましたが、内心ではやりようのない寂しさで一杯だったと思います。だからこそ、私は生ある限り、兄の生きた証を一人でも多くの方の胸の片隅に留め置いていただくことが責務と思っています。兄は決して死んではいない、いつも私の胸の中に生き続けているのです」

みつ子は平成九年十月六日、とし子と連名で靖国神社に花嫁人形を納めている。その際、「花嫁人形に寄せて」と題した手紙を添えた。手紙の相手は靖国神社にまつられている兄だ。
手紙にはこうある。

出撃前夜、隊員たちが片田舎の温泉で最後の晩さんの最中、一人で帰ってきた兄は、宿舎の近くで海軍報道班の方と出合い、誰もいない宿舎の一室で二人きりで心ゆくまで語り合ったといいます。それは『いつわりもなく生まれたまゝの純潔さ、けがれを知らぬ純真無垢《むく》のまゝ出撃出来る喜び。（中略）祖国興亡の瀬戸際にこのけがれを知らぬ身体を捧《ささ》げられる幸せ』等を何の誇張もてらいもなく淡々と話したそうです。（中略）最後の宴会の最中一人、宿舎に帰った兄を思うとたまりません。せめて、花嫁人形を贈ります。『兄さん、お嫁さんと二人でいつまでもお幸せにね』。

みつ子は今後も生ある限り全国七ヶ所の慰霊祭への供花と靖国神社での「永代命日祭」への参列を続けるつもりだ。そして、その後は子へ、孫へと、その思いを引き継ぎたいと思っている。

本稿で紹介した伍井芳夫大尉や岩井定好伍長、林義則少尉、荒木幸雄伍長らと同様、どの特攻隊員も国家を案じ、家族を愛して出撃し、残された人たちはその遺志をしっかりと受け取めて戦後を生き抜いてきたのである。

戦後六十年。特攻隊員の遺族は、妻から子へ、親から兄弟へ……と世代交代している。特攻隊員の遺族にはそれぞれの人生があり、それはまだ終わっていないのである。特攻隊員の思いと、遺族の思いは、永遠に語り継いでいかなければいけない。それが我々戦後生まれの使命だと感じる。

執筆にあたっては、ご遺族をはじめ、特攻隊戦没者慰霊平和祈念協会、知覧特攻平和会館、靖国神社、戦跡案内人の牧野弘道氏、万世特攻慰霊碑奉賛会事務局長の上塘徳晃氏、門司親徳氏ほか、多くの方々のご協力を得た。戦後生まれで、戦争を知らない時代に生きる私が本書を上梓《じょうし》できたのは、こうした方々のご協力とご助言の賜物と深く感謝申し上げる。

解説にかえて

神坂次郎
（作家）

通りすぎてきた「昭和」という振幅《しんぷく》大きな激動の時を、いま独《ひと》り思い返している。昭和元年（一九二六）は七日間で終わっているから、昭和二年三月生まれの私などは、そんな昭和をどっぷり生きぬいてきたことになる。

昭和——。

それは歴史の見本市のような波瀾《はらん》に満ちた時代であった。幕あけの金融恐慌《きょうこう》にはじまる世界の大不況。貧困……思想弾圧……テロ……陸海軍将校による血のクーデター……侵略……泥沼《どろぬま》に踏み込んでいった十五年戦争。日本史上はじめての敗戦。連合国軍進駐《しんちゅう》による日本占領。天皇の人間宣言。焦土《しょうど》と化した日本列島を襲った飢《き》餓《が》。婦人参政権。極東軍事裁判。日本国憲法。そして世界最大級の日本経済の繁栄——。

その「昭和」の片隅《かたすみ》に私が足を踏み入れたのは、十八年四月、旧制中学（現・箕《みの》島《しま》高校）四年修了後、志願して東京陸軍航空学校（甲《こう》種）に入校した時であった。小雨《こさめ》降る明治神宮外苑《がいえん》競技場（現・国立競技場）での学徒出陣式より半年前のことだ。

航空学校卒業後、上級実技校を経《へ》て、飛行兵として特攻編成基地の群馬県館林《たてばやし》……埼玉県熊谷《くまがや》飛行基地、三重県鈴鹿《すずか》の秘匿《ひとく》飛行場に展開《てんかい》。

そしてやがて九州最南端の特攻基地、知覧《ちらん》にむかう。

この時期、戦いの帰趨《きすう》すでに見えた大戦末期であったが、知覧からの特攻出撃はなおもつづけられていた。

あの日、あの時の、わが命と引きかえに、愛する人びとや故郷《こきょう》を守ろうとした彼らのひたむきな眼差《まなざし》や、清冽《せいれつ》、真摯《しんし》な表情は、いまも老残《ろうざん》の私の目の底に灼《や》きついている。

そんな特攻隊員たちの手紙や遺書、日記などを読んでいると、母にあてたものが多いのに気づく。その思いはオーストラリアの新聞記者デニス・ウォーナーも同様であったようだ。彼自身も特攻機の突入によって負傷し本国へ送還《そうかん》。

その彼が戦後、著述した『神風』（妹尾作太男《せのおさだお》訳）の中で、

《特攻隊の大半のパイロットたちは、特攻以外に、他の手段がないことを納得《なっとく》して

いた。彼等《かれら》の手紙はたいてい母親あてに出されていたが、その文面がいまや、軍に「さよなら」と書かれているだけになった。あれこれ泣きごとを並べるのは憶病者《おくびようもの》のやることとであった》

と述べている。そしてそれは、当時の特攻兵に共通した心意気でもあった。

こんな話がある――。

九州最南端の女学校に、若い飛行兵が訪《たず》ねてきて、茶道《さどう》をよくする老女教師に茶を乞《こ》い、老女の点《た》てた茶をしみじみと喫《きつ》したのち、挙手《きよしゆ》の礼をして去《さ》っていった。

この学徒兵は、母ひとり子ひとりの家庭で、茶道の師匠《ししよう》をしている母の手で育てられた若者であったが、母への思慕《しぼ》を人生最期《さいご》の一服《いつぷく》の茶にすがらせたのであろう。翌日、轟々《ごうごう》と爆音《ばくおん》をひびかせ飛び立ってゆく特攻編隊の中にその学徒兵を見た老女教師は、声を叫《あ》げて泣きくずれた……と教え子のひとりは語る。

そのころ特攻基地に、陽気で歌のすきな〝特攻ほがらか隊〟を自称する少年飛行兵がいた。出撃前の夕《ゆう》ぐれ、女子青年団員のひとりが通りかかると、薄暗《うすぐら》い竹林の中でその飛行兵が、

「お母ちゃん、お母ちゃん」

と「泣きながら軍刀を振りまわしていました。立派《りつぱ》でした、あゝ人たちは」。そう語ると老女は、皺《しわ》ばんだ目に涙を浮かべる。

また、遺書のかわりに短歌一首を母に捧《ささ》げて、出撃していった飛行兵もいる。

南《みんなみ》の雲染《そ》む果てに散ろうとも
故郷《くに》の野花《のばな》と　われは咲きたし

この若者たちは、みんな死んだ。

爛漫《らんまん》と咲き盛《さか》る桜花《おうか》や、馥郁《ふくいく》と薫《かお》る大輪の菊ではなく、野良《のら》に出て働く母の傍《かたわら》の、畦道《あぜみち》にひっそりと咲く野の花になりたいと願う若者の心は、いじらしくもやさしい。

敗戦後、日本人は醜《みにく》く変貌《へんぼう》する。GHQ（連合国軍総司令部）の占領政策におびえ阿諛追従《あゆついしょう》する官庁やマスコミ、そして世間の声として「日本をアメリカの州に加えてほしい」などと手紙を送りつける者もいた。

こうした軽薄さは時世時節としても、赦《ゆる》せなかったのは新聞やラジオや民衆までもが掌《てのひら》を返して特攻殉難《じゅんなん》の若者たちを軍国主義者と罵倒《ばとう》したことであろう。

《敗戦後、心ない人に特攻隊は国賊《こくぞく》だといわれました折《おり》、母と私は抱きあって泣きました。あまりにも無残な言葉でした》

と告白する八紘《はっこう》隊、善家《ぜんけ》少尉《しょうい》の妹と母の深い嘆《なげ》きは、特攻の先陣をきって〝軍神〟と仰《あお》がれた神風特別攻撃隊指揮官、関《せき》大尉（いずれも突入当時の階級）の母に対しても容赦《ようしゃ》なかった。

「犬死に！」

それが、母の幸福をひたすら念じ、特攻散華《さんげ》した飛行兵への世間からの冷ややかな声であった。

かくばかり醜き国になりたるか
捧げし人の　ただに惜《お》しまる
　ある戦争未亡人の詠《よ》める

戦後、日本の悪口をいうことが理知的で文化人だと錯覚《さっかく》する人びとが多くなった。だが、かつて自分の国の歴史に誇《ほこ》りをもてなくなったスペインが、近代国家として二度と立ちあがることができなかったことを、こうした人たちは知っているのであろうか。

主要参考文献

赤羽礼子、石井宏『ホタル帰る』（草思社）
阿川弘之『雲の墓標』（新潮文庫）
生田惇『陸軍航空特別攻撃隊史』（ビジネス社）
草柳大蔵『特攻の思想　大西瀧治郎伝』（文春文庫）
工藤雪枝『特攻へのレクイエム』（中央公論新社）
神坂次郎『今日われ生きてあり』（新潮文庫）
神坂次郎『特攻—還らざる若者たちへの鎮魂歌』（ＰＨＰ研究所）
小堀桂一郎『靖国神社と日本人』（ＰＨＰ新書）
佐藤早苗『特攻の町・知覧』（光人社）
城山三郎『指揮官たちの特攻』（新潮社）
高木俊朗『特攻基地　知覧』（角川文庫）
角田和男『修羅の翼』（今日の話題社）
苗村七郎『陸軍最後の特攻基地』（東方出版）
原剛、安岡昭男編『日本陸海軍事典』（新人物往来社）

辺見じゅん『昭和の遺書』（文春文庫）
辺見じゅん『戦場から届いた遺書』（文春文庫）
深堀道義『特攻の真実』（原書房）
深堀道義『特攻の総括』（原書房）
御田重宝『特攻』（講談社）
村永薫編『知覧特別攻撃隊』（ジャプラン）
森史朗『敷島隊の五人　上下』（文春文庫）
門司親徳『回想の大西瀧治郎』（光人社）
門司親徳『空と海の涯で』（毎日新聞社）
吉田満『鎮魂戦艦大和』（講談社）
少飛会歴史編纂委員会編『陸軍少年飛行兵史』（少飛会発行）
知覧高女なでしこ会編『群青』（高城書房出版）
知覧特攻慰霊顕彰会、知覧特攻平和会館管理組合発行・編集『第五〇回知覧特攻基地戦没者慰霊祭記念誌　魂魄の記録　知覧特攻基地』
特攻隊戦没者慰霊平和祈念協会『特攻』
特攻隊戦没者慰霊平和祈念協会編『特攻隊遺詠集』（ＰＨＰ研究所）
靖国神社『英霊の言乃葉（１）』（靖国神社社務所）

靖国神社企画・編集『いざさらば我はみくにの山桜』（展転社）
靖国神社企画・編集『散華の心と鎮魂の誠』（展転社）
防衛庁防衛研修所戦史室編『戦史叢書　陸軍航空作戦』（朝雲新聞社）
防衛庁防衛研修所戦史室編『陸軍航空の軍備と運用』（朝雲新聞社）
『写真報道　学鷲　陸軍特別操縦見習士官』（朝日新聞社）
『別冊1億人の昭和史　特別攻撃隊』（毎日新聞社）
『諸君！　平成14年5月臨時増刊号　歴史諸君！』（文藝春秋）
朝日新聞、読売新聞、毎日新聞、産経新聞、岐阜新聞、上毛新聞、南日本新聞など。

本書は、二〇〇五年三月に角川書店より刊行された同名の単行本を文庫化したものです。

「特攻《とっこう》」と遺族《いぞく》の戦後《せんご》

宮本雅史《みやもとまさふみ》

平成20年 6月25日　初版発行
令和7年 10月5日　15版発行

発行者●山下直久

発行●株式会社KADOKAWA
〒102-8177　東京都千代田区富士見2-13-3
電話　0570-002-301（ナビダイヤル）

角川文庫 15206

印刷所●株式会社KADOKAWA
製本所●株式会社KADOKAWA

表紙画●和田三造

ISBN978-4-04-405802-9　C0195